Das Logbuch

ist euer Hilfsmittel bei der Verbrecherjagd! Die Mitglieder der Pferdebande notieren hier alles, was ihnen im Verlauf der Ermittlungen wichtig erscheint.

Dein magisches Hufeisen

macht Verschlüsseltes sichtbar! Lege es auf die mit dem Hufeisen gekennzeichneten Stellen und drehe es so lange, bis du die darunter liegenden Buchstaben deutlich lesen kannst. So verrät es dir jeweils die Lösung auf die Fragen.

Karin Müller

Die Pferdebande

und die Verschwörung auf dem Reitturnier

Mit Illustrationen von Peter Klaucke

Schneider Buch
EGMONT

Karin Müller
wurde in Kitzingen am Main geboren. Sie studierte Angewandte Kulturwissenschaften an der Universität Lüneburg und arbeitete als Redakteurin für Zeitungen, Zeitschriften und Hörfunk. Die Pferdeleidenschaft der Autorin begann schon als Kind. Heute lebt Karin Müller mit ihrer Tochter Carlotta und ihren beiden Pferden, einem Trakehner und einer Araber-Lipizzaner-Stute, sowie ihrer schwedischen Labrador-Collie-Hündin meist irgendwo zwischen Hannover und Schweden.

Peter Klaucke
wurde 1943 geboren. Er hat in Köln Kunst studiert und arbeitet seither als Illustrator. Sein künstlerisches Können und seine Vielseitigkeit hat er bereits in über hundert Büchern für Kinder, Jugendliche und Erwachsene unter Beweis gestellt. Peter Klaucke wohnt mit seiner Frau und Tochter und vielen Tieren in Frechen.

Inhalt

17

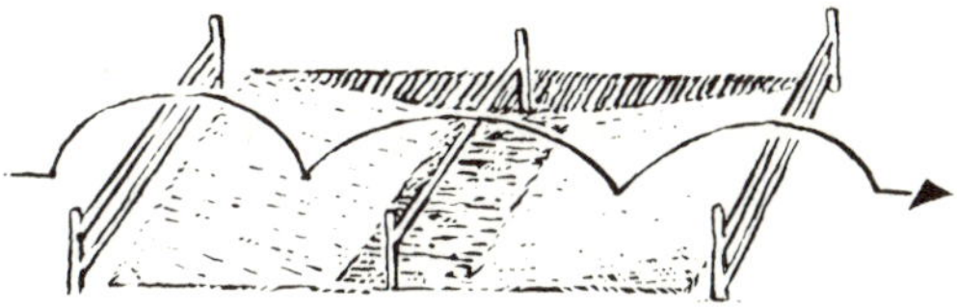

1. Große Pläne

„Nun verrat doch schon, was es für geheimnisvolle Neuigkeiten gibt!“ Philipp brannte vor Neugier.

„Ja, spann uns nicht länger auf die Folter!“, begehrte auch Karolin. Die Freundin hatte den Geschwistern nicht eher etwas erzählen wollen, bis sie alle drei im Geheimversteck der Pferdebande saßen und ungestört waren.

Chris strahlte. „Wir machen ein Turnier! Ein richtig großes Turnier werden wir veranstalten. Hier auf Gut Hohenhain. Und alle wollen kommen: Dirk Buchenhain, Olaf Metzler, Charlie Steebles, Jan de Weerd ...“, zählte sie begeistert auf. Ihre Wangen waren flammend rot. „Irre, oder?“

„Muss ich die kennen?“, fragte Philipp vorsichtig.

„Maaaann, das sind diiieee internationalen Springreiter!“, klärte ihn seine kleine Schwester auf. Karolin pfiff ehrfürchtig durch die Zähne. „Und die kommen hierher?“, fragte sie mit großen Augen.

„Hierher zu uns. Nach Gut Hohenhain“, bestätigte Chris. „Zum vierzigsten Geburtstag meiner Mutter.“

„Boah“, raunte Philipp. „Dann habt ihr aber bislang ganz schön untertrieben, was ihre Turniervergangenheit angeht. Aber was hat sie mit Springreitern zu tun?“

Die Pferdebande wusste natürlich, dass Chris' Mutter früher, das heißt vor Chris' Geburt, internationale Erfolge als Dressurreiterin gefeiert hatte. Aber dass sie die Springreiter-Stars so gut kannte, dass alle zu ihrem Geburtstag kommen würden, machte sie beinahe ehrfürchtig.

„Na ja“, wehrte Chris ab. „Franke Sloothaak und Ludger Beerbaum können nicht“, gab sie zu. „Und es ist ja nicht so, dass die wirklich alle kommen, um mit ihr auf den Geburtstag anzustoßen.“

„Nein?“, fragte Karolin enttäuscht.

Chris schüttelte lachend den Kopf, dass die dunklen Locken flogen. „Das ist ja auch alles schon ewig lange her. Auf den Turnieren früher haben die wohl gern zusammen gefeiert. Mama sagt, mit den Dressurelfen war nix los. Die waren langweilig. Also ist sie nach den Prüfungen immer mit den Springreitern um die Häuser gezogen. Jetzt hat sie die alten Kontakte genutzt, um mit meinem Vater zusammen ein Turnier für einen guten Zweck auszuschreiben. Und Mamas Geburtstag ist doch ein tolles Datum dafür."

„Was denn für ein guter Zweck?", wollte Philipp wissen.

„Dreimal darfst du raten. Worüber reden wir denn seit Wochen? Das Wildpferdeschutzprojekt am Meer natürlich! Wir haben doch schon oft überlegt, wie man das nötige Geld zusammenkriegen könnte, damit die Wildpferde dort freigelassen werden dürfen", verkündete Chris.

„Das wäre ja wunderbar", freute sich Karolin.

Mehrere Tierschutzorganisationen hatten sich zusammengetan, um mit Spendengeldern den Kauf einer zweihundert Hektar großen Fläche direkt am Meer zu ermöglichen. Ein bestehendes Naturschutzgebiet grenzte direkt an dieses teils als begehrtes Bauland freigegebene Stück Marschland. Gelang es dem Wildpferdeschutzprojekt nicht, den Zuschlag zu bekommen, würde dort im Marschland entweder ein Golfhotel oder ein Freizeitpark errichtet – und zwischen Achterbahn und Golfrasen war kein Platz für Wildpferde.

„Die würden wirklich so ein wertvolles Naturschutzprojekt wegen Geld verhindern und an irgendwelche reichen Idioten verkaufen, ja?“, erkundigte sich Philipp.

Chris nickte traurig. „Ja. Die Behörden haben zugesichert, dass man bei der Suche nach einem anderen Stück Land als Ersatz helfen würde. Aber es geht ja gerade darum, die Fläche des bestehenden Naturschutzgebietes durch den Zukauf zu vergrößern. Nur dann wäre genug Platz für die Wildpferde. Und etwas zu finden, das genauso ideal wäre, ist schwierig, hat einer von den Tierschützern meiner Mutter erklärt. An der deutschen Küstenlinie gibt es nichts, was vergleichbar wäre vom Platz und dem Gelände her.“

Karolin nickte. „Ja, das hab ich auch in einem Artikel in der Zeitung gelesen. Die Marschwiesen bieten ideale Nahrung und Lebensbedingungen, und die Pferde wären umgekehrt die besten Landschaftspfleger dafür. Außerdem könnte man prima Verhaltensforschung betreiben und all so was.“

„Ja, wie toll das wäre, darüber sind wir uns ja alle einig. Aber das Grundstück kostet. Und aus reiner Tierliebe verkaufen die Eigentümer das nicht für ein paar Euro fuffzig“, seufzte Chris.

„Wohl kaum“, stimmte Philipp zu. „Aber auch die Eintrittsgelder für das Turnier werden dafür im Leben nicht reichen. Ohne deiner Mutter zu nahe treten zu wollen, aber es wird niemand fünfhundert Euro zahlen, um Charlie Steebles und Jan Buchenhain springen zu sehen. Nicht mal, wenn Sloothaak und Beerbaum dabei gewesen wären.“

„Da hat er Recht“, meinte Karolin nachdenklich.

„Und selbst wenn zweihundert Leute bereit dazu wären, würde das nicht reichen."

„Das sind hunderttausend Euro!", wandte Philipp ein.

„Was glaubst du denn, was zweihundert Hektar an der Küste kosten?", erwiderte Karolin schnippisch.

„Nicht streiten", bat Chris. „Natürlich würde das allein nicht reichen, und natürlich kann man nicht so viel Eintrittsgeld nehmen. Aber die Springreiter haben sich darauf eingelassen, satte tausend Euro Startgeld als Spende zu zahlen, weil sie die Idee toll finden. Und wenn dann noch jeder Zuschauer zehn Euro Eintritt zahlt und während der Veranstaltung noch weiter gespendet wird …"

„Und was ist mit den Preisgeldern?", fragte Karolin. „Und das Turnier auszurichten kostet ja auch!"

„Ja, die Kosten muss man wieder abziehen", gab Chris zu. „Aber es geht ja auch in erster Linie um Öffentlichkeit und Werbung für das Projekt. Wir müssen nicht die volle Summe auftreiben, das ginge ja gar nicht. Einige Spendengelder und Sponsoren haben die Tierschützer schon zusammen. Wir müssen hoffen, dass unsere Einnahmen dann den Rest bringen. Und der Turniersieger bekommt einen Geburtstagswalzer mit meiner Mutter und eine Patenschaft für eins der Wildpferde", grinste sie. „Das kostet keinen Cent, und alle fanden die Idee witzig, sagt meine Mutter. Ihr müsst wissen, dass sie Tanzen hasst. Noch dazu in der Öffentlichkeit!"

„Und ich dachte immer, Turnierreiter wären humorlose Hohlköpfe, die Pferde nur als Sportgerät sehen", meinte Philipp.

„Diese haben anscheinend das Herz auf dem richtigen Fleck. Und den Geldbeutel auch", feixte Karolin.

„Okay. Jetzt spuck's schon aus", sagte Philipp nach einem Schluck Tee aus der Thermoskanne. „Wo kommt die Pferdebande ins Spiel? Wo sollen wir mit anpacken? Du hast uns doch nicht nur herbestellt, um uns die tollen Nachrichten zu erzählen, oder? Das Ganze hat doch sicher einen Pferdefuß?"

„Och, erst mal dachte ich nur an Ausmisten und 'ne Runde reiten", grinste Chris. „Und dabei können wir ja überlegen, was wir im Rahmen des Turniers noch machen können, um den Leuten die Spendierhosen anzuziehen und ein paar Euro mehr für die Wildpferde zu verdienen."

„Wie wäre es mit einer Tombola?“, machte Karolin den x-ten Versuch etwas vorzuschlagen, das von den anderen nicht gleich als blöd oder unrealistisch abgelehnt wurde oder das nicht schon jemand anders vorhatte.

„Das macht schon der örtliche Tierschutzverein“, erklärte Chris auch prompt und lud ächzend eine weitere Gabel dampfenden Pferdemist aus dem Unterstand der Hausweide auf die Schubkarre.

„Und eine Quadrille?“, probierte es Philipp.

„Studiert meine Mutter mit ihren Reitschülern ein.“

„Und wenn wir in der Umbauphase auf Hannibal voltigieren?“

„Ohne mich!“, schnaubte Philipp. „Da kann ich ja gleich als Pausenclown gehen.“ Er war froh, dass das Reiten bei ihm mittlerweile einigermaßen klappte. Auch wenn Birte Mertens noch immer einiges an seinem Sitz zu korrigieren hatte – im Sattel und auch ohne war er mittlerweile sicher und saß auch mal einen übermütigen Buckler von Lujah aus. Aber Gymnastik machen und turnen – das war nicht seine Welt. Weder in der Sporthalle noch auf dem Pferd.

„Was hat er denn?“, zischte Chris ihrer Freundin

zu, als Philipp sich empört schnaufend die volle Schubkarre schnappte und damit zum Misthaufen balancierte.

„Er ist in der Schule bei einer Vorführung vom Schwebebalken geplumpst, und alle haben gelacht, weil es so komisch aussah, wie er da noch minutenlang mit den Armen gerudert hat, bevor er dann doch gesprungen ist."

„Gar keine schlechte Idee." Gedankenverloren stützte Chris sich auf ihre Forke.

„Was?", fragte Karolin begriffsstutzig.

„Wir machen die Pausenclowns und gehen mit 'nem Hut rum", rief Chris.

„Ohne mich", protestierte Philipp schon von weitem. „Ich mach mich doch nicht vor allen zum Gespött. Womöglich noch mit einem dieser verrückten Ponys, was?"

Chris wusste genau, wen er meinte. „Was hast du denn auf einmal gegen Neumann und Schulz?", fragte sie scheinheilig. Die beiden Mischlingsponys stammten aus einem Zirkus und beherrschten jede Menge Kunststücke und Tricks. Wenn man nicht höllisch aufpasste, wussten sie genau, wie sie die Lacher auf ihrer Seite behielten.

Karolin kicherte hinter vorgehaltener Hand. Sie hatte schon ein paar Mal miterlebt, wie die beiden Philipp auf der Nase herumtanzten. Ihr erging es in der Regel auch nicht besser, aber sie nahm es nicht so verbissen wie ihr großer Bruder.

„Ach, hab dich nicht so. Du kriegst eine Perücke auf, wirst geschminkt, und wir ziehen dir Schmidtchens Stallkittel an", schlug Chris vor.

„Und eine dicke rote Nase", ergänzte Karolin fröhlich. „Dann erkennt dich kein Mensch."

„Das klingt ja ganz so, als wolltet ihr mich allein in die Manege hetzen", fuhr Philipp auf. „Und was macht ihr?"

„Ich geh mit dem Hut rum", verkündete Karolin eilig. „Sind ja nur zwei Zirkusponys."

„Na, da hast du aber Glück, was?", brummte Chris gutmütig und klopfte ihr kräftig auf die Schulter.

„Ist ja für einen guten Zweck", murmelte Philipp und schlug in die ausgestreckte Hand von Chris ein.

„Ich komm mit dir in die Höhle des Löwen", versprach die Freundin. „Karolin soll ihren niedlichen Kleinmädchenblick aufsetzen und viel Geld dafür eintreiben, dass wir uns in der Manege auf wilden Rodeopferden lächerlich machen."

„Na ja, eine Pause werde ich wohl überleben", erklärte Philipp großmütig. Doch als er die Blicke von Chris und Karolin bemerkte, schwante ihm Böses. „Wieso? Wie viele Pausen gibt es denn?", fragte er argwöhnisch.

„Tja, also", druckste Chris herum. „Die Leute sollen ja was zum Gucken bekommen für ihr Geld. Also wird die Prüfung mindestens zwei Teile haben.

Daraus werden die Punkte dann zusammengezählt, um den Sieger zu ermitteln."

„Und wenn es einen Gleichstand gibt?", hakte Philipp nach.

„Dann gibt es einen dritten Teil, und ihr müsst noch mal raus vor der Siegerehrung", antwortete Karolin.

„Warum wundert mich das jetzt nicht, dass es bei euch nichts ohne Pferdefuß gibt?", stöhnte Philipp.

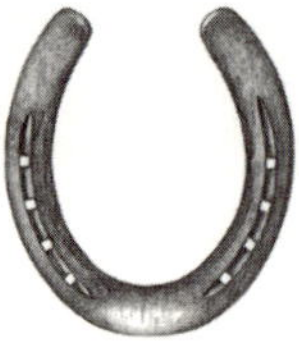

Dieser dritte Teil, die Ermittlung des Gewinners bei Punktegleichstand im Springturnier, hat einen besonderen Namen. Kennst du ihn?

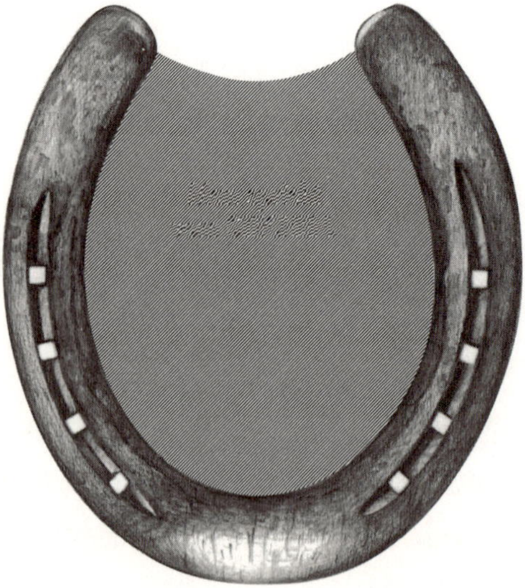

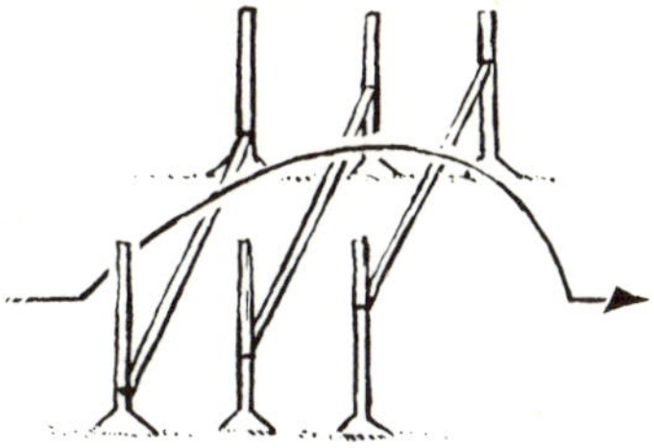

2. Das Leck auf der Rennbahn

Logbucheintrag vom 8. September, 13.15 Uhr

Hallo liebes Logbuch,

Chris und mein Schwesterlein haben mich drangekriegt. Wenn bei dem kommenden Superturnier zu Gunsten des Wildpferdeprojektes Umbaupausen sind, muss ich mit Chris raus als Pausenclown. Vor den ganzen berühmten Springreitern und Zuschauern. Mann, das wird peinlich ... aber was tut man nicht alles für den guten Zweck. Hauptsache, durch unsere Späßchen kommen auch ein paar Euro zusammen, damit nicht doch ein Golfplatz oder ein Ferienparadies am Meer gebaut werden. Papa hat erzählt, bei ihm in der Apotheke war neu-

lich so ein kauziger Typ aus England, der dort am liebsten ein altes Schloss nachbauen und Enten jagen will. Was glauben die Leute eigentlich? Soll er doch in Schottland Moorhühner fangen!
Na ja, wir müssen jetzt jedenfalls mithelfen, die alte Trabrennbahn turniergerecht herzurichten. Im Innenraum sollen nämlich der Parcours und die Zuschauertribünen entstehen. Und es sind nur noch drei Wochen Zeit!
Tschüss und sicher bis bald!
Philipp

„Sollen da wirklich richtige Zuschauertribünen hin? Wie in einem Fußballstadion?“, fragte Karolin, die halb über der Schulter ihres Bruders hing, während er den Eintrag ins Logbuch schrieb.

Dieses Buch war enorm wichtig für die Pferdebande. Wann immer sie mitten in einem Abenteuer steckten, garantierte es ihnen, dass sie nichts Wichtiges vergaßen. Über das Logbuch konnten sie sich gegenseitig austauschen und auf den neuesten Stand der Ermittlungen bringen, denn manchmal machte es die Lage notwendig, dass sie alleine recherchierten und Hinweisen nachgingen.

Chris zuckte mit den Schultern. „Ich weiß auch nicht genau, wie meine Eltern sich das vorstellen. Und Schmidtchen ist auf das ganze Thema eh nicht gut zu sprechen. Er sagt, er habe kein gutes Gefühl dabei. Wahrscheinlich hat er einfach keine Lust auf so viele Leute und den ganzen Wirbel hier auf dem Gut."

„Ja, hektisch und anstrengend wird es bestimmt. Aber sicher auch ein Riesenerfolg", meinte Philipp. „Vielleicht sollten wir auch noch einen Reiterwettbewerb für regionale Teilnehmer machen oder ein Kinder-Springturnier, oder Dressur, oder …"

„Oder eine Reiterrallye oder Voltigieren", fiel Karolin ein. „Das wär doch lustig."

„Ihr vergesst, wie viel Arbeit in so was steckt. Ich glaube, mit einem S-Springen sind wir reichlich bedient. Wir machen die Pausenclowns und sammeln Geld, und damit ist es gut ", sagte Chris brüsk. „Das ist immer noch der Geburtstag von meiner Mutter, und sie veranstaltet das alles für das Projekt."

„Nun hab dich doch nicht so", brauste Philipp auf. „Uns geht es doch auch um die Wildpferde."

Mumpitz, der Mischlingshund, sah auf und jaulte kläglich. Er spürte genau, dass die Kinder nicht einer Meinung waren, und Streit konnte er überhaupt nicht vertragen.

„Ihr habt ja Recht", lenkte Chris ein und streichelte das wuschelige Hundefell. Mumpitz ließ sich entspannt zurück ins weiche Stroh sinken. „'tschuldigung, war nicht so gemeint. Der gute Zweck ist wohl mit mir durchgegangen."

„Schon gut", brummte Philipp.

Plötzlich schreckte Mumpitz erneut hoch. Dann hörten die Kinder auch schon eine Stimme von unten nach ihnen rufen.

„Mist, das ist Mama", flüsterte Chris. „Schnell."

Mit geübten Handgriffen ließen Philipp und Karolin das Logbuch in einer Nische zwischen zwei Strohballen verschwinden, die der Pferdebande hier oben im Geheimversteck als Tischchen dienten. Sie strichen die Tischdecke glatt und lehnten das Hufeisen davor. Aus Gewohnheit drehte Karolin es mit dem offenen Ende nach oben. Das bedeutete in ihrer Geheimsprache: Es ist eine neue Nachricht im Logbuch.

Aber Philipp drehte es wieder um. „Wir haben es doch alle schon gelesen", zischte er. Dann robbte er Chris und Mumpitz hinterher, die bereits durch den schmalen Durchgang in den aufgestapelten Strohballen verschwunden waren. Karolin tat es ihm nach. Jetzt hieß es möglichst schnell und leise die Treppe von der Tenne in den Stall hinunterklettern. Hier oben, im vorderen Bereich, lagerte die Familie Mertens Heu und Stroh für die Pferde und Ponys des Gutes. Der hintere Teil war mit einer Schicht Stroh bedeckt, die das darunter liegende Reiterstübchen isolierte. Ganz hinten in der Ecke hatte die Pferdebande sich ihr Geheimversteck, diesen kleinen Raum aus Ballen, gebaut. Nur durch eine kleine Lücke im Stroh konnte man auf Knien hinein- und hinauskriechen. Niemand ahnte, dass es hier oben so etwas gab, und so sollte es auch bleiben!

„Da seid ihr ja“, sagte Birte Mertens erleichtert, als sie ihre Tochter und deren Freunde eilig aus dem Stall kommen sah. „Ich dachte schon, ihr wollt mich versetzen. Wo habt ihr denn wieder gesteckt?“

„Ach, nirgends“, wich Chris aus.

„Ja, das habe ich gemerkt“, gab ihre Mutter lachend zurück. „Na, wie sieht es aus, wollen wir zusammen zur Trabrennbahn fahren und Maß nehmen für die Tribünen?“

„Dann klappt das also wirklich?“, rutschte es Philipp heraus.

„Ja sicher“, erwiderte Birte Mertens augenzwinkernd. „Es gab so begeisterte Zeitungsartikel über unser Turnier, dass sich ein Veranstalter aus Lübeck gemeldet hat, der uns spontan sponsern will mit seinen Tribünen.“

„Der will was?“, fragte Chris.

„Er will deinen Eltern die Tribünen kostenlos zur Verfügung stellen, stimmt's?“, erklärte Karolin.

„Genau. Drei Stück sind es, und die sollen Sitzplätze für neunhundert Leute bieten.“

Die Pferdebande schwieg beeindruckt.

„Der Rest muss stehen“, scherzte Birte Mertens.

„Meinst du wirklich, dass so viele Zuschauer kommen?“, fragte Chris ungläubig.

„Das werden wir erst hinterher wissen“, meinte ihre Mutter und zuckte die Schultern. „Die Hauptsache ist doch, dass alles glatt geht, wir Spaß haben, und ein nettes Sümmchen für die gute Sache zusammenbekommen, oder?“ Damit hielt sie den Kindern die hintere Wagentür ihres Jeeps auf.

Die drei stimmten ihr zu und kletterten auf die Rückbank.

„Du kannst laufen, Mumpitz. Es ist ja nicht weit, aber wir haben es eilig, und ich habe Werkzeug im Auto“, bestimmte Birte Mertens. Dann stieg auch sie ein und ließ den Motor an.

Eilig galoppierte Mumpitz hinter dem Wagen her.

Die Trabrennbahn war eigentlich nur eine alte Sandbahn, welche die Vorbesitzer des Gutes für ihre Islandpferde angelegt hatten. Aber seit die Ovalbahn als Trainingsstrecke für den berühmten Traber Primus Rex gedient hatte*, sprachen alle nur noch von der Trabrennbahn. Sie lag, umgeben von Weiden, gleich hinter einem kleinen Waldstück des Gutes.

* siehe „Die Pferdebande und das Verbrechen auf der Rennbahn“

„Hier kommen die fahrbaren Toilettenwagen hin“, erklärte Birte Mertens gerade. „Da hinten machen wir den Parkplatz für die Teilnehmer und die Presseleute. Besucher müssen vorn an der Straße zum Gut parken. Über den Feldweg kommt man ja auch zur Hauptstraße, das ist gar nicht so weit.“

„Und wo werden die Pferde und die Starter untergebracht?“, erkundigte sich Karolin.

„Die verteilen wir auf die Ferienwohnungen beziehungsweise die Gastboxen und die Paddocks.“ Chris' Mutter war voll in ihrem Element. „So, und jetzt müsst ihr mir mal helfen. Sollen wir das offene Ende zum Einreiten in die Bahn hier oder da drüben bei der Eiche machen?“ Sie hielt ihren ausgeklappten Zollstock wie einen Zeigestab.

„Hier“, schlug Philipp vor. Als er aufsah, stutzte er. Stand da hinten nicht jemand unter den Eichen und beobachtete sie mit einem Fernglas?

„Dort“, sagten Chris und Karolin gleichzeitig und deuteten zu dem Baum.

„Ah ja“, machte Birte Mertens und runzelte die Stirn. „Seid ihr euch bei eurer Verbrechensaufklärung auch immer so einig?“ Sie schmunzelte. „Ich hab noch eine andere Idee.“ Sie ging ein paar Schrit-

te nach rechts und fuchtelte dabei mit dem Zollstock gefährlich dicht vor Philipps Nase herum. „Hier ist es doch perfekt, oder? Dann liegt der Eingang genau in der Mitte der kurzen Seite.“

Philipp wendete den Blick von dem Fremden und folgte dem Metermaß.

„Hier machen wir euer Tischchen hin. Da dürft ihr die Eintrittskarten abreißen“, sagte Chris' Mutter gerade.

Als Philipp noch einmal zum Wäldchen sah, war

der Fremde verschwunden. Chris und Karolin beobachteten ihn verwundert. Philipp schüttelte den Kopf, um das komische Gefühl loszuwerden. „Wir müssen den Leuten auch einen Stempel auf den Handrücken machen“, lenkte er schnell ab. „Damit sich auch niemand reinschleichen kann.“

„Von mir aus“, lächelte Birte Mertens. „Oh, hallo!“

Sie begrüßte Schmidtchen und ihren Mann, die völlig verdreckt aus dem Graben an der Längsseite auftauchten. Mumpitz umrundete die beiden Männer freudig kläffend.

„Was macht ihr denn hier?“

„Wir haben die Wasserleitungen und die Drainage überprüft“, erklärte Chris' Vater. „Da schien irgendetwas leck zu sein. Heute Morgen stand hier alles unter Wasser. Jetzt müsste es aber wieder dicht sein. Wehe, wenn nicht!“ Er drohte der dicken Wasserleitung mit der Rohrzange.

„Es ist dicht“, bemerkte Schmidtchen knapp. „Alles andere würde nicht mit rechten Dingen zugehen.“

Harald Mertens nickte. „Wir hatten richtig Glück, dass die von der Kiesgrube uns versetzt haben und erst morgen kommen können. Wenn wir den ganzen

Sand schon auf dem Platz verteilt hätten, wäre es eine Riesenarbeit gewesen, das alles noch mal aufzubuddeln."

„Und wofür brauchen Sie so viel Sand?", fragte Philipp neugierig.

„Na, für die Pferde, Jungchen. Um ordentlich springen zu können, braucht man einen weichen und ebenmäßigen Boden unter den Hufen", erklärte Schmidtchen. „Ich ziehe die Fläche mit meinem kleinen Schlepper gerne plan. Aber den Rest überlassen wir dann dem Parcours-Chef. Das ist was für Profis."

Philipp nickte perplex. Der alte Stallmeister war das Haus- und Hoffaktotum auf Gut Hohenhain. Als Chris' Eltern das Gut vor Jahren kauften, hatten sie ihn nur zu gern in ihre Dienste übernommen. Er backte den besten Kuchen, den man sich denken konnte, und ganz nebenbei wusste er einfach alles über Pferde und Reiten. Wenn er also jemand anderem die Sache mit dem Boden überlassen wollte, dann musste das etwas ganz Spezielles sein.

Die Männer nahmen ihre Werkzeugkisten und machten sich auf den Heimweg.

„Hepp!" Birte Mertens riss Philipp aus seinen

Gedanken und warf ihm ein dickes Knäuel Absperrband zu.

„So, und jetzt schnappen wir uns die Pflöcke und Hämmer und stecken den Parcours und die Tribünen ab.“ Damit drückte sie den Kindern die Werkzeuge in die Hand und ging entschlossen voraus.

Es war gar nicht so einfach, alles im rechten Winkel hinzubekommen. Nach zwei Stunden waren nicht nur sämtliche Pflöcke da, wo sie hinsollten, sondern auch die Kinder ziemlich geschafft. Es war ein warmer Spätsommertag, und die Sonne zeigte noch einmal, wie viel Kraft sie hatte.

Chris ließ sich stöhnend ins Gras fallen und wurde natürlich sofort von Mumpitz abgeschleckt.

„Iiieeh, nein. Geh runter von mir. Du bist ja ganz nass!“, quietschte Chris und rangelte mit dem tropfenden Hund. Widerwillig ließ Mumpitz von ihr ab und suchte sich Karolin als neues Opfer.

„Wo kommt denn das ganze Wasser her?“, wunderte sich Chris' Mutter, die gerade Getränke und Kekse aus dem Auto geholt hatte.

Philipp und Chris standen auf und sahen sich um. Mumpitz ließ von Karolin ab und rannte ihnen voraus, in den kleinen Entwässerungsgraben hinein.

Schon nach ein paar Schritten bekamen die Kinder nasse Füße.

„Ich denke, dein Vater hat das gerade mit Schmidtchen repariert?“, fragte Karolin, die ihnen gefolgt war. Sie zeigte auf die Rohre, aus deren Schweißnähten zischend Wasser spritzte.

Auch Birte Mertens war ratlos stehen geblieben. „Ich ruf Papa an“, murmelte sie und ging zum Auto.

„Was hast du eigentlich vorhin oben bei den Eichen gesehen?“, nutzte Karolin die Gelegenheit.

„Ach, nichts.“ Ihr Bruder zögerte. „Ich hatte das Gefühl, dass uns da einer vom Waldrand aus beobachtet.“

„Da ist aber niemand“, stellte Karolin fest.

„Er verschwand auch gleich, als ich ihn gesehen hatte. Das fand ich ja so komisch.“

„Du bildest dir doch wohl kein Verbrechen zum Turnier ein, oder?“, rügte Chris grinsend. „Wir haben auch so alle Hände voll zu tun mit einem S-Springen, da will ich nicht auch noch Schurken überführen müssen.“

„S wie Schurken-Springen“, kicherte Karolin.

Die drei lachten, aber es klang ein wenig nervös.

Wofür steht die Abkürzung S bei Turnieren und Leistungsprüfungen wirklich?

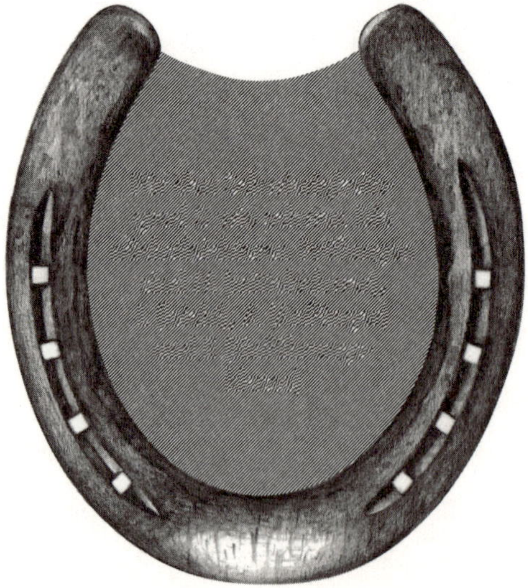

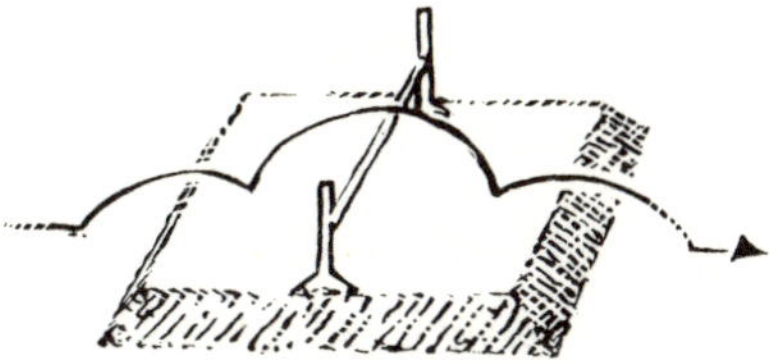

3. Sabotage!

Logbucheintrag vom 10. September, 11.33 Uhr

Das Turnier scheint unter keinem guten Stern zu stehen, sagt Schmidtchen. Und Philipp ist ja auch der Meinung, dass sich was zusammenbraut. Er könnte Recht haben. Das dürfen wir Mama gar nicht sagen. Sie freut sich so. Es muss einfach alles klappen.

Ich habe mitbekommen, wie Schmidtchen sich mit dem Klempner unterhalten hat, der das Leck auf der Trabrennbahn repariert hat. Sie mussten wirklich den halben Parcours aufbuddeln, und Papa musste die Sandlieferung noch mal verschieben. Da war so viel zäher Schlamm in den Rohren, wie man ihn sonst nur nach Jahren findet, sagt der Klemp-

ner. Und so dicht, als hätte man ihn mit 'nem Kartoffelstampfer reingedrückt. Da hat es gar nichts genutzt, dass Papa und Schmidtchen vorne die Dichtungen gewechselt hatten. Durch den Überdruck sind die Rohre überall an den Schweißnähten gerissen. Aber wo kam der Schlamm her? Die Drainage ist im vorigen Jahr erneuert worden, und im selben Zug sind die Wasserleitungen und der Brunnen angelegt worden. Sehr seltsam. Ob hier wirklich etwas nicht mit rechten Dingen zugeht?
Immerhin ist gestern wieder ein schöner großer Artikel in der Zeitung gewesen, mit Foto von Mama und dem großen Sparschwein, das wir aus Pappmaché gebastelt haben. Sie haben auch eine Kontonummer für Spendengelder veröffentlicht und wollen weiter berichten. Toll. Das ist schon der vierte Artikel.
Chris

„Natürlich geht hier alles mit rechten Dingen zu", behauptete Philipp. Die drei saßen in der Mittagssonne auf einer Bank vor dem Café und schlürften Schmidtchens selbst gemachte Eisschokolade. „Das ist kein Spuk, das ist Sabotage. Erinnert euch an den

Fremden. Vielleicht hat der da gestanden und nur darauf gewartet, dass die Rohre platzen, weil er sie vorher mit 'nem Kartoffelstampfer zugeschlammt hat."

„Ich glaube, das hat der Klempner nur bildlich gemeint", unterbrach Karolin ihn zaghaft.

Aber Philipp war in Fahrt. „Und sagte dein Vater nicht, dass der Sand eigentlich schon einen Tag eher hätte kommen sollen?"

„Das wäre eine Katastrophe gewesen", überlegte Chris. „Dann hätten die Tonnen von Sand bewegen müssen. Die Tribünen hätten nicht termingerecht aufgestellt werden können, weil da Sandberge gewesen wären. Das hätte uns um Tage zurückgeworfen."

„Wenn nicht sogar Wochen. Ja, das war reines Glück", stimmte Karolin zu.

„Aber hinter dieser ganzen Sache mit der Drainage steckte kein Unglück, sondern ein Plan", unkte Philipp. „Rechnet doch mal eins und eins zusammen!"

„Du könntest Recht haben – rein theoretisch", schränkte Chris ein, als Philipp sie begeistert umarmen wollte und ihr mit dem schwappenden Schokoladenbecher bedrohlich nahe kam.

„Endlich glaubt ihr mir!“

„Aber wer sollte das Turnier boykottieren wollen?“, überlegte Karolin.

„Hat deine Mutter Feinde?“, fragte Philipp geradeheraus.

„Quatsch“, antwortete Chris.

„Ist vielleicht ein Springreiter nicht eingeladen worden, der eifersüchtig sein könnte?“, versuchte es Karolin.

„Du liest zu viele Märchen. Das war die dreizehnte Fee in Dornröschen“, urteilte Philipp.

„Ach, und woher weißt du das so genau?“, frotzelte Chris.

„So kommen wir nicht weiter“, seufzte Karolin.

„Dann lasst uns schnell reiten gehen, bevor meine Mutter uns mit neuen Aufgaben eindeckt“, schlug Chris vor. „Sonntage sind zum Reiten da, und nicht zum Schuften.“

Die drei holten ihre Pferde von der Hausweide, banden sie an den Koppelzaun und bürsteten verkrusteten Schlamm und Sand aus dem Fell.

„Das scheint echt eure Lieblingsbeschäftigung zu sein, oder? Wälzen und panieren!“ Karolin bekam einen Hustenanfall, als durch das Bürsten eine dichte Staubwolke über Käffchens runder Kruppe aufstieg.

„Du hast dösen, fressen und Unfug machen vergessen“, feixte Philipp und hielt Lujahs angesabberten Anbindestrick hoch. „Ihr gebt meinem armen Pflegepony nicht genug zu fressen“, behauptete er und grinste. „Der Arme muss schon seinen Strick annagen.“

„Ja, dein Frechdachs wird bestimmt bald an Unterernährung sterben“, kicherte Chris und piekte Lujah in die Rippen, die man unter dem dicken Weidebauch nur erahnen konnte.

„Das ist kein Frechdachs, das ist ein richtiger

Fressdachs", lachte Karolin und bürstete Käffchens Mähne.

Eine halbe Stunde später waren die Pferde endlich so sauber, dass man sie satteln konnte, ohne Scheuerstellen befürchten zu müssen.

Chris war wie immer als Erste fertig. Aber Wildfang war ja auch ihr eigenes Pferd, und sie war mit all der Arbeit rund um die Vierbeiner aufgewachsen.

Philipp war eigentlich nur über seine kleine Schwester ans Reiten geraten. Karolin sollte damals nicht allein zum Ferienreitkurs gehen. Aber jetzt lag Philipps ganzer Ehrgeiz darin, besser reiten zu können als sie.

„Wo wollen wir denn lang?“, fragte Chris wie üblich, während sie im Schritt vom Hof ritten. „Ich kann mich nicht entscheiden.“

„Lasst uns doch einfach 'ne kleine Runde durch das Wäldchen drehen und danach durch die Furt auf die Sandwege“, schlug Philipp vor.

Karolin grinste. „Und da kommen wir ganz zufällig an der Ovalbahn vorbei, und du kannst gucken, ob sich dort irgendwas Verdächtiges tut, richtig?“

„Wenn wir davon ausgehen, dass das mit den Rohrleitungen ein Anschlag war, kann das ja nicht schaden, oder?“, gab Philipp beleidigt zurück.

„Es ist auf jeden Fall eine schöne Strecke“, fand Chris. „Na kommt.“ Sie setzte sich mit Wildfang an die Spitze und trabte an. Im leichten Trab, damit die Ponys sich erst einmal aufwärmen und strecken konnten, näherten sie sich dem Wäldchen.

Plötzlich rammte Wildfang die Hufe in den Boden, blieb abrupt stehen und schnaubte alarmiert. Käffchen und Lujah taten es der schwarzen Traberstute nach. Karolin nahm erschrocken die Zügel auf.

„Ach, das ist doch nichts!" Chris atmete erleichtert aus. Schräg vor ihnen hatten die Pferde die Trabrennbahn ins Visier genommen. Dort sah es aus wie auf einer großen Baustelle. Die Tribünen waren geliefert worden und lagen, teilweise noch in Einzelteilen, verstreut auf der Bahn. Ein Radlader und eine Planierraupe hatten die Pferde wohl am meisten erschreckt.

„So ein Ungetüm hast du hier nicht erwartet, was?", flüsterte Chris ihrer Stute zu und kraulte ihr den Hals. „Na komm, das schauen wir uns mal aus der Nähe an, damit du keine Angst mehr haben brauchst."

„Können wir nicht einfach weiterreiten?“, zauderte Karolin. „Ich finde das auch unheimlich hier. Kein Mensch weit und breit. Wie ausgestorben.“

„Ist doch logisch, heute ist Sonntag, schon vergessen?“, grinste Chris.

Zögernd ritt Karolin mit Käffchen hinter Philipp her. Wildfang stapfte mutig voran.

„Siehst du, ist alles ganz harmlos“, erklärte Chris gerade und ließ ihre Stute an dem Radlader schnuppern.

Lujah interessierte sich mehr für irgendwelche Krümel, die auf dem Boden lagen.

„Was ist das denn?“, wunderte sich Philipp und stieg ab.

„Was?“, fragte Karolin und beugte sich vorsichtig vor, um besser sehen zu können, was ihr Bruder da auf dem Boden untersuchte.

Philipp wollte Lujah zur Seite schieben, was gar nicht so einfach war, denn die weißen Krümel neben dem Radlader schienen ihm gut zu schmecken.

„Lass ihn nichts fressen, was du nicht kennst!“, rief Chris.

„Ich bemüh mich ja, siehst du doch“, schimpfte Philipp und drückte weiter gegen Lujahs Schulter.

Beherzt klopfte Chris dem Wallach mit der Gerte auf die Kruppe. Das Ablenkungsmanöver gelang. Lujah machte einen Satz zur Seite und rempelte dabei Käffchen an, die erschreckt weghüpfte.

„Hilfe!“, quietschte Karolin, rutschte in Zeitlupe aus dem Sattel und landete weich auf ihrem Po.

Philipp und Chris bogen sich vor Lachen.

Wütend klopfte Karolin sich den Sand vom Hosenboden. „Wenn ihr ausgekichert habt, könnt ihr mir ja mal sagen, warum hier Zucker liegt.“

„Zucker?“, fragte Chris erstaunt.

Philipp steckte einen Finger in die paar Krümel auf der Felge, die Lujah noch nicht entdeckt hatte. „Schmeckt süß! Tatsächlich.“

Chris runzelte die Stirn. „Ist vielleicht einem der Männer etwas danebengegangen, als er sich Zucker in den Kaffee tun wollte? Bei der Führstückspause?“

Karolin hielt Käffchen am Zügel und beugte sich unter den Radlader. Mit der freien Hand zog sie ein Papierknäuel hervor und strich es glatt.

„Dafür braucht man aber kein ganzes Kilo! Ich schätze, es handelt sich wirklich um Sabotage, Chris. Wir müssen es deinen Eltern sagen. Zum Glück ist heute Sonntag. Vielleicht ist es noch nicht zu spät.“

Wofür ist es vielleicht noch nicht zu spät? Was hat es mit dem Zucker auf sich? Hast du das Bild aufmerksam betrachtet?

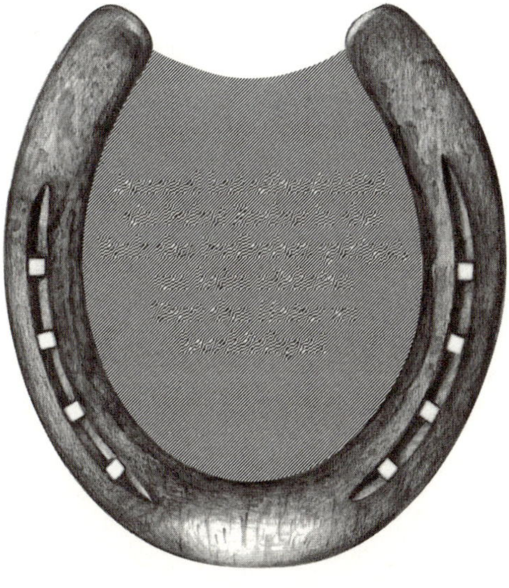

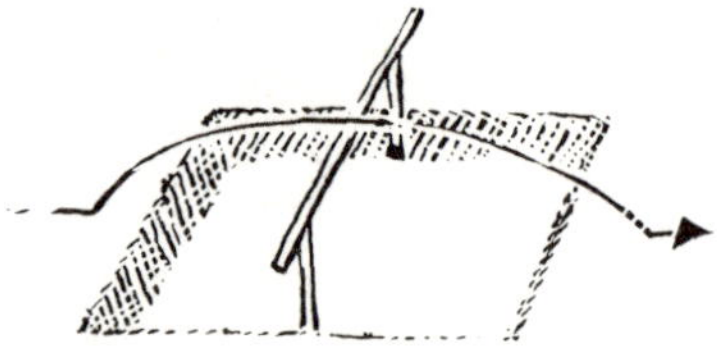

4. Warnung per Post

„Wie gut, dass ich die Sofortbildkamera eingesteckt habe“, rief Chris und drängte die Ponys ihrer Freunde zurück. „Los, macht mal ein bisschen Platz hier, damit wir Fotos vom Tatort machen können, bevor alle Spuren verwischt sind.“

Sie sah durch den Sucher und ließ die Kamera kopfschüttelnd wieder sinken. „Das hat keinen Zweck mehr, fürchte ich. Hier ist alles voll mit unseren Abdrücken und denen der Pferde.“

„Egal, mach trotzdem“, bestimmte Philipp. „Man weiß nie, wozu es gut ist.“

Halbherzig drückte Chris zweimal auf den Auslöser und steckte die Fotos zum Entwickeln in die Brusttasche ihrer Reitweste.

„Na kommt“, sagte sie dann. „Lasst uns nach

Hause reiten und meinen Eltern die schlechten Nachrichten überbringen."

„Also, wenn das ein dummer Jungenstreich sein soll, dann würde ich den Bengel sehr gern eigenhändig übers Knie legen", tobte Schmidtchen. „Donnerlittchen, was für eine Riesensauerei. Haben diese Gören denn keine Eltern, die ihnen Manieren beibringen?"

Philipp schluckte, auch wenn er gar nicht gemeint war. Er hatte den alten Mann erst einmal so in Rage gesehen, und da war es um Leben und Tod bei einem kolikkranken Pferd gegangen.

Ein mit Chris' Eltern befreundeter Mechaniker kniete am Tank des Radladers und versuchte den Schaden abzuschätzen.

„Tja, Glück im Unglück, würde ich sagen. Wenn jemand den Motor angelassen hätte, hätten wir einen sauberen Totalschaden gehabt", erklärte er Schmidtchen gerade. „Aber mit ein paar hundert Euro müsst ihr wohl rechnen für die Reparatur. Wir müssen ihn abschleppen und in der Werkstatt sehen, wie wir das Zeug aus dem Tank bekommen."

„Aus den Tanks", berichtigte Chris' Vater mit grimmiger Miene und wischte sich seine verschmierten und nach Benzin riechenden Finger an einem Stofftaschentuch ab. „Wenn mich nicht alles täuscht, hat die Planierraupe auch eine Extrafüllung abbekommen."

„Oha", machte der Mechaniker und kratzte sich am Kopf. „Da hat jemand ganze Arbeit geleistet."

„Ich glaube nicht, dass das Kinder waren", murmelte Birte Mertens.

„Vielleicht solltet ihr die Polizei einschalten", schlug Chris leise vor.

Philipp trat ihr verstohlen auf den Fuß. „Wir waren vorhin nicht bei der Planierraupe", zischte er.

„Ja, und?", fragte Chris begriffsstutzig.

„Dann können da auch keine Spuren von uns oder den Pferden sein", schlussfolgerte Karolin mit blitzenden Augen. „Nur die von deinem Vater ..."

„... und wenn wir Glück haben vom Täter. Bin gleich wieder da", rief Chris.

„Wo geht sie hin?", fragte ihr Vater verwundert.

„Ein paar Fotos machen", erklärte Karolin. „Und von Ihren Schuhabdrücken brauchen wir auch gleich noch eins."

„Für solche Kindereien habe ich jetzt wirklich keine Zeit, Karolin, hier geht es um etwas sehr Ernstes. Tut mir Leid." Damit ließ er sie stehen und begleitete den Mechaniker zu seinem Wagen.

„Eben drum", beharrte Karolin leise und steckte Zweige links und rechts von seinen frischen Fußabdrücken, damit man sie nicht verwechselte. Und die des Mechanikers merkte sie sich ebenfalls.

Die letzten Bilder gingen für Fußabdrücke drauf: Von Harald und Birte Mertens, Schmidtchen, dem Mechaniker und der Pferdebande.

„Den nächsten Film kaufst du aber, Karolin", beschwerte sich Chris, als sie bei Früchtetee und Keksen wieder im Geheimversteck saßen.

„Was willst du eigentlich mit den ganzen Fußabdrücken?“, wunderte sich auch Philipp.

„Na, ganz einfach, ihr Schnelldenker“, fing Karolin an und breitete die Bilder vor sich aus. „Los, gib mir mal die vom Radlader“, bat sie Chris.

„Da ist doch nichts zu sehen außer jeder Menge Getrampel“, brummte Chris, reichte die Fotos aus ihrer Brusttasche aber trotzdem hinüber.

„So“, verkündete Karolin. „Das ist jetzt wie bei einem Memory. Wir vergleichen die Fotos und müssen nur die passenden Schuhabdrücke wegstreichen.“

Die nächsten zwanzig Minuten hockten alle drei angestrengt über den Fotos. Dann schrieb Karolin das Ergebnis ins Logbuch.

Logbucheintrag von 16.13 Uhr

Betrifft die mutmaßliche Sabotage an Radlader und Planierraupe, die sich zwischen gestern Nachmittag 17 Uhr (Arbeitsende) und heute Mittag 12.34 Uhr (Eintreffen Pferdebande) ereignet haben muss.

Der Fotovergleich ergibt:

- keine Kinderspuren an der Planierraupe.
- Fußspuren von Harald Mertens und zwei unbekannten Paar Schuhen. Wobei das eine aus der Fahrertür vom Fahrzeug wegführt und das andere sich in unmittelbarer Nähe des Tanks befindet. Dieses Paar hat ein etwa ein Eurostück großes Loch im Profil.
- Dasselbe Paar Schuhe mit dem Loch im Profil taucht auch am Tank des Radladers auf. Nicht aber die Schuhe des vermutlichen Fahrers der Planierraupe, womit eben das so gut wie bewiesen ist.

„Hä?“, machte Chris, die über Karolins Schulter in die Aufzeichnungen der Freundin spähte.

„Na, ist doch logisch“, erklärte Karolin. „Das hier“, sie zeigte auf die Fußabdrücke bei der Fahrertür der Planierraupe, „muss der Fahrer gewesen sein, der Feierabend machte.“

Sie deutete auf die Abdrücke mit dem Loch im Profil. „Und die hier gehören unserem Täter, schätze ich mal. Bestimmt Größe 46, was meint ihr?“

„Wow.“ Philipp pfiff durch die Zähne. „Schwesterlein, du bist unschlagbar im Kombinieren.“

Karolin strahlte und wurde rot.

„Na“, irgendwas muss man ja können, wenn man schon im Schritt von Käffchen plumpst“, kicherte Chris und zeigte auf einen verräterischen runden Abdruck im Sand auf einem der anderen Fotos.

Als sie nach der darauf folgenden Kitzelschlacht wieder Luft bekamen, sah Philipp überrascht auf seine Armbanduhr, die zu piepen begonnen hatte. „Oh Mist“, keuchte er. „Wir müssen nach Hause, sonst gibt's Ärger. Machst du den Logbucheintrag fertig?“

Chris nickte und verabschiedete sich mit einer Umarmung von den Geschwistern. „Aber ich komm mit nach unten. Wir essen sicher auch gleich, und ich hab versprochen, die Pferde zu füttern, falls meine Eltern nicht rechtzeitig von der Polizei zurück sind."

„Sollen wir dir noch rasch helfen?", bot Karolin an.

„Nein, nein. Fahrt nur. Es sind ja nur ein paar Bunde Heu und ein bisschen Mineralfutter. Noch steht genug Gras auf den Wiesen, da brauchen die Pferde kein Kraftfutter."

„Ja, Käffchen ist wirklich kugelrund", gluckste Karolin.

„So kugelrund, dass man leicht runterrutscht, ich weiß", feixte Philipp.

„Na warte!", kreischte Karolin und rannte ihm hinterher. „Tschüss, Chris, grüß deine Eltern", rief sie über die Schulter zurück. „Wenn die Polizei nicht weiterkommt, wir finden den Schurken schon."

„Schön wär's", murmelte Chris und winkte den beiden nach, als sie auf ihren Rädern vom Hof fuhren. „Wenn das Turnier nicht wie geplant stattfinden kann, sieht es nicht gut aus für die Wildpferde."

Logbuchnachtrag von 20.43 Uhr

Die Polizeibeamten sind nicht mal hergekommen, um Spuren zu sichern. Sie haben eine Anzeige gegen

unbekannt aufgenommen und wollen morgen mal aufs Gut kommen, sagt Mama. Aber meine Eltern glauben trotz unserer Fotos (ja, ich habe davon erzählt, Karolin und Philipp, was sollte ich machen?), dass es ein blöder Streich von Halbwüchsigen ist. Mama ist total geknickt, weil wir dem Zeitplan jetzt schon ein paar Tage hinterherhängen. Selbst wenn wir alles noch rechtzeitig schaffen, so dass das Turnier planmäßig steigen kann, haben wir auf alle Fälle wesentlich mehr Kosten, als ursprünglich geplant. Die Frage ist also, was hat jemand davon? Was ist das Motiv unseres unbekannten Täters, und wie können wir beweisen, dass hier wirklich jemand das Turnier gezielt sabotiert?
Wir müssen wohl abwarten, was als Nächstes passiert. Ich glaube nicht, dass der Täter einfach so aufhört. Nur wo und wann wird er zuschlagen?
Nachdenkliche Grüße, Chris

Sie brauchten nicht lange zu warten. Schon am nächsten Morgen, als Birte Mertens ihre Tochter auf dem Schulweg zum Hoftor begleitete, um die Post hereinzuholen, kam der nächste Schlag.

Ein Aufschrei ließ Chris auf dem Fahrrad abrupt

bremsen und zu ihrer Mutter zurückfahren, die aschfahl am Holztor lehnte und auf einen aufgerissenen Briefumschlag starrte. Ihre Hand war rot.

„Was ist?", rief Chris besorgt. „Hast du dich geschnitten?" Sie nahm ihrer Mutter den Umschlag aus der Hand, bevor die sich wehren konnte.

stand in ausgeschnittenen Buchstaben auf einem rot verschmierten Zettel. Aus dem Umschlag tropfte es auf den Boden. Mumpitz leckte die Flüssigkeit auf.

„Iiieehh. Ist das Blut? Wie eklig. Hör auf, weg da, Mumpitz!" Chris roch an ihren Fingern und stutzte. „Das ist kein Blut, Mama, das ist Ketschup." Sie sah in den Umschlag. „So präpariert, dass die kleine Plastikpackung automatisch aufgeht, wenn man den Umschlag öffnet, siehst du?"

„So was Geschmackloses“, schimpfte Chris’ Mutter. „Wer macht denn bitte so etwas?“

„Der Gleiche, der die Tanks gezuckert hat“, war sich Chris sicher.

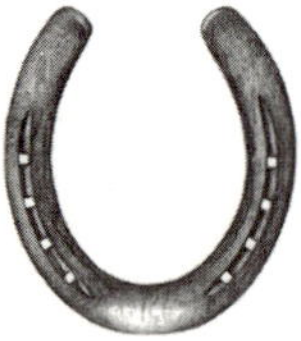

Warum ist sich Chris so sicher? Woran macht sie das fest?

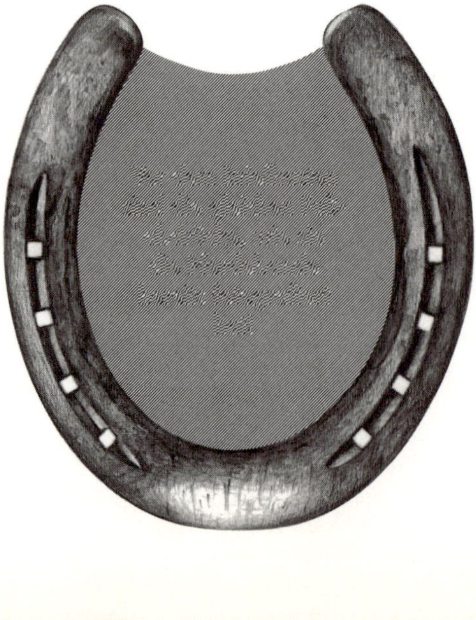

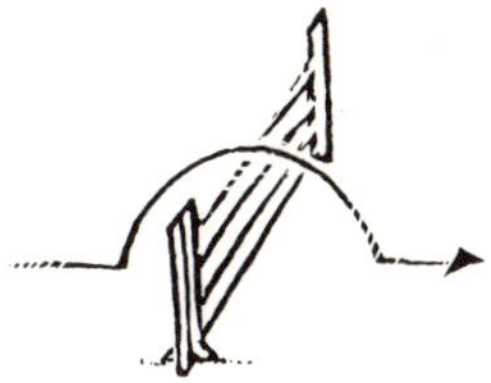

5. Der Zeitungsartikel

„Das könnten doch auch die Schuhe vom Briefträger sein“, überlegte Karolin, als Chris die Neuigkeiten nach der Schule erzählte.

„Nein, der wirft die Post immer vom Auto aus ein, außerdem hatte der Brief keine Briefmarke. Den hat garantiert jemand so eingesteckt“, widersprach Chris.

„Und nimmt deine Mutter die Drohung ernst?“, fragte Philipp.

Chris zuckte mit den Schultern. „Keine Ahnung. Auf alle Fälle denkt sie nicht daran, das Turnier abzusagen. Ihr kennt sie ja, sie hat denselben Trotzkopf wie ich. Übrigens, da fällt mir ein, dass wir dringend an unserer Clownsnummer weiterüben müssen, Philipp!“

Logbucheintrag vom 11. September, 14.32 Uhr

Hallo Logbuch!

Unser Täter hat wieder zugeschlagen. Die Schuhgröße seiner Abdrücke stimmt überein. Diesmal hat er einen Drohbrief geschrieben und in unseren Briefkasten gesteckt. Mit Ketschup dran. Sollte wohl wie Blut aussehen. Ha, bin ich aber nicht drauf reingefallen. Mama ist mit dem Brief zur Polizei gefahren, und die meinten, das sei ein übler Scherz, aber ernst nehmen würden sie es schon. Nur könnten sie jetzt noch nichts unternehmen. Nach dem Drohbrief und dem Rat der Polizei, die sich die Baustelle/den Tatort angeschaut haben, haben Mama und Papa beschlossen, den Turnierplatz nachts nicht mehr unbeaufsichtigt zu lassen. Der polnische Gehilfe von Onkel Hinnerk will sich ein paar Euro dazuverdienen, indem er jetzt im Bauwagen schläft und mit seinem Rottweiler Wache hält.

Wir dürfen leider nicht da übernachten, weil wir Schule haben. Paah! In Wirklichkeit glauben sie sicher, dass es zu gefährlich für uns ist. Der Pferde-

bande kann man so leicht nichts vormachen!
So, jetzt müssen wir für unsere Pausennummer trainieren.
Sicher bis bald, Chris

Chris ließ es sich nicht nehmen, künftig jeden Morgen mit Mumpitz, frischen belegten Brötchen und einer Thermoskanne Kaffee zum Bauwagen hinunterzugehen. „Und?“, begrüßte sie Miroslav jeden Morgen.

„Nix“, antwortete er dann ebenso regelmäßig.

Alles blieb ruhig. Viel zu ruhig. Verdächtig ruhig.

Tage vergingen, ohne dass etwas geschah. Philipp und Chris trainierten unter Karolins Aufsicht beinahe täglich für ihre Pausenclownnummer. Die Tribünen nahmen Formen an, der Turnierplatz war fertig. Ein Billardtisch und sogar Pulvermanns Grab waren ausgehoben. Es fehlten nur noch die übrigen Hindernisse, deren Errichtung der Parcours-Chef persönlich überwachen würde. Sie hatten noch eine Woche Zeit. Dann erschien der Artikel.

„Hier, seht mal, im Käseblatt von gestern steht wieder was über euer Benefiz-Turnier“, verkündete Herr Wildhagen und schob seinen Kindern ungelesen den Lokalteil über den samstäglichen Frühstückstisch.

Philipp traute seinen Augen kaum, als er den Bericht überflog.

‚Birte Mertens skandalumwittert', stand da in Riesenlettern.

„Das ist doch glatt gelogen!", brauste Karolin auf.

Philipp las weiter. „ … erreichte uns dieser anonyme Leserbrief, den wir Ihnen auf Grund seines Inhaltes nicht vorenthalten wollen. Blablabla … Birte

Mertens habe sich demnach nur deswegen aus dem internationalen Dressursport zurückgezogen, weil ihr andernfalls eine strafrechtliche Verfolgung wegen Verstoß gegen das Tierschutzgesetz gedroht hätte. Birte M., so unser Informant, habe ihr Dressurpferd zu Höchstleistungen gebracht, indem sie es mit Stromstößen aus einer elektronischen Gerte traktiert hat. Als man sie dessen überführte, einigte man sich auf ihr Ausscheiden aus dem internationalen Sport. … Für eine Stellungnahme war Frau Mertens gestern Abend nicht erreichbar."

„Ja, natürlich nicht", schimpfte Karolin. „Da ist sie zum Flughafen gefahren und hat die ersten Gäste abgeholt."

„Das ist doch alles lächerlich", kommentierte Miriam Wildhagen über die Schulter ihres Sohnes. „Wer bringt denn so einen Schmutz in Umlauf? Nicht auszudenken, was das für das Turnier bedeuten könnte."

„Und für den Ruf des Gutes und von Familie Mertens insgesamt", unterstrich Klaas Wildhagen. „Das ist glatter Rufmord."

„Die Frage ist, was hat jemand von so einem Artikel?", murmelte Karolin.

„Und wie schafft man es, dass so ein Bericht überhaupt in der Zeitung veröffentlicht wird? Normalerweise sollte eine Redaktion doch gründlich recherchieren und alles nachprüfen, haben wir in der Projektwoche Zeitung gelernt", entrüstete sich Philipp.

„Na ja, sie schreiben ja, dass es ein Leserbrief war."

„Aber anonyme Briefe druckt man nicht. So haben wir das gelernt", erboste Philipp sich weiter.

„Und vorher haben alle so nett über das Turnier geschrieben", sagte Karolin traurig.

„Nun, das ist ein Anzeigenblatt. Die leben von ihren Kunden", schränkte ihre Mutter ein. „Wenn ein Mobilfunkhersteller regelmäßig eine große Anzeige schaltet, wird man kaum einen Artikel über die Gesundheitsgefahren und die Strahlung von Handys finden."

„Aber das ist doch nicht richtig", fuhr Karolin auf.

„In der Wirtschaft geht es oft ungerecht und unehrlich zu", stimmte ihr Vater zu.

„Aber das Projekt ist doch für einen guten Zweck", brach es aus Karolin heraus. „Wer will denn so was verhindern?"

Philipp sah sie mit großen Augen an. „Das ist es.

Natürlich. Es geht gar nicht um Birte Mertens oder darum, das Turnier zu sabotieren, einfach weil es ein großes Turnier ist oder jemand Birte Mertens den Erfolg nicht gönnt. Das ist nur vorgetäuscht. Es geht um das Wildpferdeprojekt!" Hektisch begann er in dem Anzeigenblatt zu blättern.

„Was suchst du?", fragte Karolin.

„Werbung", erwiderte er knapp. „Aber die großen Anzeigen sind alle überregional. So kommen wir nicht weiter."

„Das war auch nur ein Beispiel", sagte Miriam Wildhagen. „Verrennt euch da in nichts."

„Nein, nein, schon gut", antwortete Philipp abwesend. „Dürfen wir zum Gut? Chris braucht bestimmt Beistand. Gestern konnten wir ja nicht raus, weil wir wegen der Mathearbeit lernen mussten!" Zu Karolin zischte er: „Ich glaub, mein Hufeisen hängt schief."

Das war das geheime Codewort dafür, dass es einen wichtigen Hinweis ins Logbuch einzutragen galt.

„Ja, fahrt nur", meinte Klaas Wildhagen. Seine Frau nickte.

„Was hast du?", fragte Karolin ihren Bruder, als sie außer Hörweite waren.

„Ich will im Logbuch nachschauen, wer die Mitbewerber für das Projekt waren. Kannst du dich noch an alle erinnern? Das stand doch in einem der Artikel, die wir eingeklebt haben.“

Als sie das Gut erreichten, war Chris nicht da. Sie war mit ihren Eltern spontan an die See gefahren.

„Tagesausflug“, gab Schmidtchen Auskunft, der gerade den Hof fegte. „Sie mussten einfach mal raus, nach dem ganzen Wirbel. Den Telefonstecker haben wir erst mal rausgezogen, da riefen tausend Leute an. Überwiegend nette, aber auch das strengt an. Chris hat noch versucht euch anzurufen, aber wohl nicht erwischt, was?“

Philipp und Karolin nickten. „Wir haben uns schon gewundert, warum ständig besetzt war, als wir zurückrufen wollten. Wir waren einkaufen.“

„Mögt ihr eine Schokolade?“, fragte Schmidtchen.

„Gerne, aber später. Wir müssen erst mal …“ Philipp druckste herum.

„Wir wollen zuerst nach den Pferden sehen“, sprang Karolin ein.

Eilig huschten sie in den Stall und die Treppe zum Heuboden hinauf.

Im Geheimversteck lehnte das Hufeisen mit der Öffnung nach oben. Neue Nachrichten!

Logbucheintrag vom 22. September, 9.02 Uhr

Noch eine Woche bis zum Turnier. Irgend so ein gemeiner Idiot hat im Anzeigenblatt einen anonymen Leserbrief geschrieben, und die haben einen Riesenartikel voller Müll daraus gemacht. Wahrscheinlich, weil Mama vor ein paar Tagen keine Zeit für ein Interview mit denen hatte. Wir haben jede Menge Anrufe bekommen, von Menschen, die voll hinter Mama stehen. Aber der Parcours-Chef hat angerufen und abgesagt. Er könne es sich nicht erlauben, dass sein Name mit so was in Verbindung gebracht wird. Und Abel Kristiansen kann plötzlich auch nicht kommen. Angeblich, weil sein Wallach eine Infektion auskurieren muss. Wer's glaubt ...
Mama nimmt es tapfer. Sie sagt, es gab damals nur einen Grund, weswegen sie aus dem Sport ausgestiegen ist, und der war ich.
Wir müssen diesen gemeinen Schuft zu fassen kriegen. Und ihr seid nicht da. Echt blöd.
Traurig, Chris

Logbucheintrag vom 23. September, 8.57 Uhr

Gestern hat auch ein Spender einen Rückzieher gemacht. Und unser Telefon steht nicht mehr still. Ätzend. Mama hat daraufhin der Tageszeitung ein großes Interview gegeben. Mit den Leuten vom Anzeigenblatt spricht sie nicht, sagt sie. Die von der Zeitung haben alles gedruckt, was sie gesagt hat. Von ihrer Schwangerschaft. Und dass das Gut, das sie ein Jahr zuvor gekauft hatten, mehr renoviert werden musste, als sie gedacht hatten. Daher wollte sie zu Hause sein.
Die Redakteure haben sogar ehemalige Dressurreiterkollegen von Mama und Veranstalter von damals befragt, und alle haben für sie gesprochen. UND sie haben sogar einen Appell abgedruckt, das Wildpferdeprojekt nicht scheitern zu lassen, weil irgendjemand anonym ihren Namen in den Dreck zieht. Und dann hat die Zeitung öffentlich 2500 Euro gespendet! Klasse, oder?
Besser gelaunt, Chris

P.S. Mama muss mal raus. Sonst kriegt sie einen Nervenzusammenbruch, sagt sie. Wir kommen heute

Abend spät wieder. Lasst uns morgen zusammen reiten gehen. So um elf?

„Abgemacht“, murmelte Philipp und blätterte im Logbuch zurück. „Wo sind denn jetzt diese blöden Artikel von vor ein paar Wochen?“

„Da!“ Karolin legte ihren Finger auf den entscheidenden Bericht über die Mitbewerber für das Projekt. „Hier steht es: Ein Golfhotel, ein Freizeitpark. Und es war noch von jemand drittem die Rede.“

Kannst du dich an den dritten Mitbewerber um das Gelände am Meer erinnern?

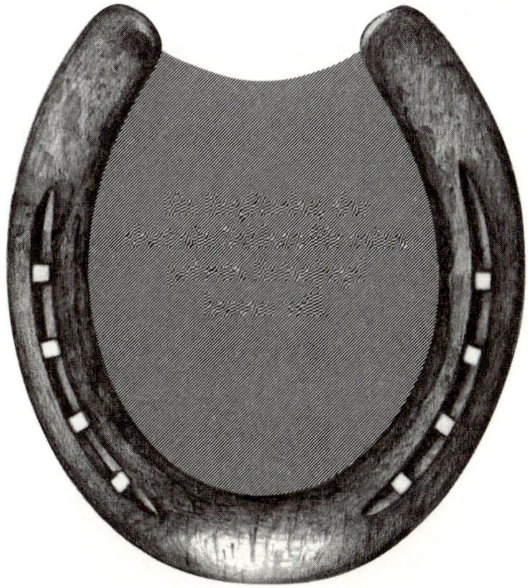

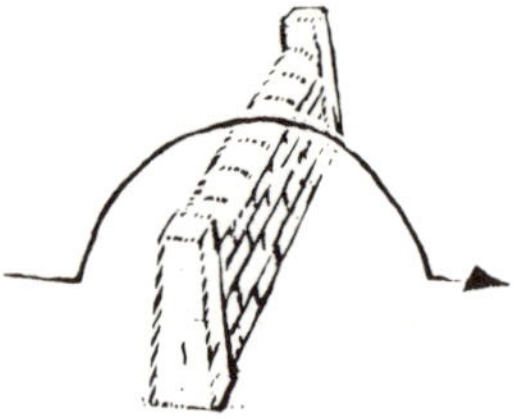

○○●○○

6. Eine seltsame Krankheit

„So. Das sind die einzigen Fotos, die ich auftreiben konnte." Stolz breitete Karolin ein paar Tage später ihre Beute auf dem Strohboden des Geheimverstecks aus. Sie hatte in jeder freien Minute nach der Schule und abends im Internet gesurft, um Bilder von den Mitbewerbern um das Landschaftsstück aufzutreiben und auszudrucken. „Hier haben wir Lord Kilkenny, Hoteldirektor Hartmut Fischer und Anselm von Tutzing, Freizeitparkerbauer. Kommt euch ein Gesicht bekannt vor?"

Chris und Philipp schüttelten enttäuscht die Köpfe.

„Selbst wenn man sich die Koteletten bei dem Engländer wegdenkt, oder bei dem Freizeitparktypen einen Schnauzer dazu. Nein, nie gesehen", urteilte Philipp. „Und von dem Hoteldirektor sieht man ja kaum was vor lauter Bart."

„Der Verdächtige damals am Waldrand war zu weit weg, oder?"

Philipp nickte. „Ja. Außer dem Schuhabdruck haben wir immer noch nichts Handfestes."

„Zu blöd, dass die im Internet keine Schuhgrößen verraten. Haben wir denn keine Fotos, wo wenigstens die Menschen mit ihren Füßen drauf sind?", fragte Chris.

Karolin schüttelte den Kopf. „Wir können nur weiter die Augen offen halten. Aber im Moment ist ja alles ruhig."

„Viel zu ruhig, wenn ihr mich fragt", brummte Philipp. „Oder glaubt ihr, dass der Typ aufgegeben hat?"

Die Mädchen schüttelten die Köpfe. „Der wartet nur auf eine gute Gelegenheit und dass wir leichtsinnig werden. Wahrscheinlich schlägt er zu, wenn wir am wenigsten damit rechnen."

„Ja, wir müssen auf der Hut sein. Vor allem während des Turniers selbst." Karolin klebte die Abbildungen der drei Männer sorgfältig ins Logbuch und stellte es zurück in die Nische zwischen den Strohballen.

„Und jetzt?", wandte sie sich an die anderen beiden.

„Abwarten, Augen offen halten und Tee trinken", meinte Chris. „Aber damit fangen wir nachher an. Los, die Pferde warten schon. Lasst uns reiten gehen, und danach werden wir noch einmal mit Philipp den Kosakenhang an Lujah üben. Gegen fünf wollte Mama mit uns über die letzten Vorbereitungen und den Ablauf des Turniers sprechen."

„Natürlich wird das Turnier wie geplant stattfinden." Seufzend legte Birte Mertens den Hörer auf und ging zurück an den Küchentisch, wo die Pferdebande Rührei von glücklichen Gutshühnern und vegetarische Würstchen verspeiste.

„Schon wieder jemand, der sich erkundigt hat, ob das Turnier denn nun wirklich stattfindet. Was glauben die Leute denn?" Sie seufzte noch einmal und setzte sich. „Also, lasst uns noch mal den Ablaufplan durchgehen."

„Ach, Mama. Das haben wir nun schon viermal gemacht. Es wird schon schief gehen, bestimmt." Chris berührte aufmunternd den Arm ihrer Mutter. Seit Tagen schon hatte die Pferdebande nichts Verdächtiges mehr beobachten können. Fast wollten sie daran glauben, dass der Spuk ein Ende hätte. Trotzdem waren alle nervös und sehr angespannt. Morgen war schließlich der große Tag!

„Also gut." Birte Mertens sortierte die Papierbögen mit den Nennungen, die Teilnehmer- und Unterbringungslisten und den Parcoursaufbauplan zusammen. „Dann seht doch mal nach, ob Schmidtchen oder Papa Hilfe beim Kochen brauchen."

„Können wir nicht runter zu den Gastboxen gehen?“, fragte Philipp eifrig. „Schmidtchen will sowieso niemanden in der Nähe seiner Gulaschkanone haben. Da war ich vorhin schon und hätte fast einen Apfel an den Kopf gekriegt.“

Birte Mertens grinste schief.

„Schlimmer kann es ja kaum noch werden“, behauptete sie mit Galgenhumor. Wenn Schmidtchen mit Äpfeln warf, war er tatsächlich nervös. Und das war zum letzten Mal kurz vor Chris' Geburt der Fall gewesen. „Chris, du bist mir verantwortlich, dass ihr euch anständig benehmt und da unten nicht die Pferde oder Menschen nervös macht, okay?“

„Wir benehmen uns doch immer anständig, Mama“, versprach Chris eilig.

Die drei waren aufgeregt – gleich würden sie echte Reiter-Stars und ihre teuren und berühmten Springpferde hautnah erleben können. Natürlich war der Hauptbeweggrund für den Besuch nur die Beobachtung, ob sich auch nichts Verdächtiges ereignete.

Aus der Baustelle auf der Trabrennbahn war tatsächlich ein wunderschöner Turnierplatz geworden. Chris' Eltern hatten mit Freunden und Bekannten und einigen Spezialfirmen, die für die gute Sache

Sonderschichten ohne Bezahlung einlegten, doch noch alles pünktlich geschafft. Es hatte keine weiteren Vorfälle gegeben. Aber die Rennbahn wurde auch rund um die Uhr scharf bewacht, Miroslav und seinem Hund sei Dank.

Auf dem weitläufigen Platz ging es zu wie in einem Ameisenbau. Emsiges Treiben, wohin man auch sah.

Ein paar Männer luden Kübelpflanzen ab, die ein Blumenhändler aus Lübeck als Dekoration unentgeltlich zur Verfügung gestellt hatte. Während des Turniers sollten sie in einer Tombola verlost werden.

„Es ist schon toll, dass deine Mutter so viele Sachspenden und Geldgeber aufgetan hat", staunte Philipp, als Chris davon erzählte.

„Ja, nicht wahr?" Die Freundin nickte mit strahlenden Augen. „Man könnte fast meinen, die Spendenbereitschaft der Leute sei nach den ganzen Vorfällen und der Verleumdung noch größer geworden. Ein paar Firmen haben meine Mutter sogar von sich aus angerufen und gefragt, was noch fehlt und wie sie helfen können! Das ging wohl nach hinten los für unseren unbekannten Saboteur."

„Oh, seht mal, ist das nicht Olaf Metzler da drüben?“, unterbrach Philipp und deutete auf den kleinen Abreiteplatz, der direkt neben der Trabrennbahn auf einem Weidestück abgeteilt worden war.

„Ja“, bestätigte Chris knapp. „Er hat ein super Pferd, oder? Turmfalke, ein Hannoveraner.“

Staunend sahen die drei vom Zaun aus zu, wie der fuchsfarbene Wallach konzentriert auf seinem Gebiss kaute und mit mächtigen Sätzen über die Trainingshindernisse setzte.

„Der geht ja toll am Zügel“, raunte Karolin.

„Der Mann sitzt ja auch wie 'ne Eins“, wisperte Philipp.

„So ein Pferd nur mal anfassen dürfen“, flüsterte Chris. „Seht ihr, wie das Fell glänzt? Wie Kupfer in der Sonne!“

Plötzlich bog Metzler scharf ab und galoppierte direkt auf die drei zu, die instinktiv den Zaun losließen und einen Schritt zurückwichen. Auf einmal wirkte sein Sitz verkrampft.

„Ach du Schande. Ob wir zu laut waren?“, zischte Philipp.

„'tschuldigung“, rief Chris dem Reiter zu.

Doch Metzler reagierte nicht darauf. Er sprang vom Pferd, sah sie mit verkniffenem Gesichtsausdruck an und drückte der sprachlosen Chris Turmfalkes Zügel in die Hand.

„Halt mal, bin gleich wieder da“, presste er hervor und flankte über den Koppelzaun. Fragend sahen die drei ihm nach, wie er auf das nächst gelegene Toilettenhäuschen zurannte und mit verzweifeltem Gesichtsausdruck an der verschlossenen Tür rüttelte.

„Drücken, nicht ziehen!“, brüllte Philipp hilfsbereit.

Dankbar lächelnd verschwand der Turnierreiter in dem blauen Häuschen.

Kopfschüttelnd streichelte Chris den Hannoveraner, der sofort die Nase ins Gras gesteckt hatte. Aus nächster Nähe sah er noch viel imposanter aus.

„Bestimmt eins achtzig Stockmaß", mutmaßte Karolin.

„Aber er ist genauso vernascht wie unsere Ponys", grinste Chris.

Mit erleichterter Miene kam Metzler aus dem Häuschen. Doch auf halber Strecke zu den Kindern kehrte er um und rannte noch einmal zurück.

„Oh, oh", machte Karolin.

„Da hat aber jemand was Falsches gegessen", meinte Chris.

„Oder sich einen Virus eingefangen", überlegte Karolin.

„Jedenfalls kühlt Turmfalke aus. Gibst du mir mal die Abschwitzdecke rüber, Philipp?"

Philipp reichte ihr die grüne Decke. Sie mussten sich zu zweit auf den Zaun stellen, um sie über das Pferd ziehen zu können. Gerade als sie die letzte Schnalle geschlossen hatten, kam Metzler wieder.

„Das ist sehr nett, aber ich muss noch ein bisschen weitertrainieren", begann er. Doch schon änderte sich seine Gesichtsfarbe wieder von aschfahl zu hellrot und zurück, und er rannte ein drittes Mal zur Toilette.

„Ob er brechen muss oder Durchfall hat?“, sinnierte Philipp.

„Hast du sie noch alle?“ Karolin knuffte ihn in den Arm.

„Wieso? Das interessiert mich“, gab Philipp beleidigt zurück. „Zumindest riecht er nicht aus dem Mund.“

Als Metzler das nächste Mal zurückkam, erlaubte er den Kindern, Turmfalke nach oben zum Gut zu führen und in die Box zu bringen. Mit kurzen Unterbrechungen durch Stopps auf der Toilette in der Stallgasse half er den Kindern, das Pferd abzusatteln und zu versorgen. Dann zog er sich in die Ferienwohnung zurück, die er sich mit Jan Alsholm und dem noch nicht angereisten Gert Müller-Wilde teilte.

„Sollen wir Ihnen einen Tee bringen und Zwieback?“, bot Karolin an.

„Jetzt nicht, vielleicht später“, stöhnte Metzler. „Ich glaube, ich muss ...“ Mit einer entschuldigenden Geste warf er die Tür ins Schloss. Die Kinder hörten, wie er eilig ins Bad lief und gleich wieder zur Tür.

Fast hätte er sie auf dem Weg in den Stall umgerannt. „Besetzt", rief er erklärend über die Schulter.

Unschlüssig bleiben die drei stehen. Da öffnete sich erneut die Tür der Ferienwohnung, und Jan Alsholm erschien im Bademantel. „Chris? Könntest du bitte mal deine Mutter fragen, ob sie Kohletabletten hat?"

Logbucheintrag vom 2. Oktober, 14.03 Uhr

Liebes Logbuch,

zwar gibt es noch kein neues „Lebenszeichen" von unserem geheimnisvollen Saboteur, aber dafür haben sich zwei der Springreiter offenbar den Magen verdorben.
Komisch ist das allerdings schon, denn wir haben heute Mittag vom selben Rührei gegessen und sind genauso wenig krank geworden wie die anderen Reiter, Pferdepfleger und Helfer. Und das spricht ja eigentlich auch gegen einen Virus. Philipp ist jedenfalls losgeradelt, um von Papa Kohletabletten aus der Apotheke zu besorgen, und Chris kauft neues Toilettenpapier. *Grins*

Ich werde gleich mal in die Küche gehen und Schmidtchen fragen, ob ihm was Besonderes aufgefallen ist. Und sei es nur, um bei dieser Flaute meinen detektivischen Spürsinn nicht einrosten zu lassen.
Liebe Grüße und bis später,
Karolin

Schmidtchen stand am Herd der Caféküche und rührte in einem Riesentopf, der alle vier Platten bedeckte. „Na, Linchen? Hast du etwa auch vor, dich an mein Chili con Carne ranzuschleichen, bevor ich es offiziell freigebe?“ Spielerisch drohte er ihr mit dem Kochlöffel.

Karolin schüttelte den Kopf. „Ich mag keine Bohnen“, erwiderte sie wahrheitsgemäß.

„Genau wie ich“, grinste Schmidtchen. „Deswegen muss auch immer Chris’ Papa abschmecken.“

Karolin war neugierig geworden: „Wieso ‚auch ranschleichen‘?“, wollte sie wissen. „Wer hat das denn sonst versucht?“

Schmidtchen stemmte die Hände in die Hüften. „Heute Mittag musste ich schon zwei von diesen Reiterlümmeln aus meiner Küche schmeißen.“

Karolin hielt die Luft an. „Weißt du zufällig, wo Chris’ Vater jetzt ist?“

Schmidtchen grinste. „Ist das wieder eins von deinen berüchtigten Verhören?“ Gutmütig antwortete er: „Hab ihn seit dem Mittagessen nicht gesehen. Er wollte noch mal an den Rechner, sagte er.“

„Okay“, sagte Karolin. „Ich geh ihn mal suchen.“

Schmidtchen nickte und begann pfeifend wieder in dem Topf zu rühren.

Kurz vor der Tür blieb Karolin stehen. „Sag mal, war sonst noch jemand heute hier in der Küche? Jemand, den du nicht kennst?“

Schmidtchen legte die Stirn in Falten. „Nein, nicht dass ich wüsste“, erwiderte er nach einer Weile.

Karolin wandte sich zum Gehen.

„Doch, warte mal. Da war so ein sommersprossiger rothaariger Bengel, der was für Birte Mertens abgeben wollte. Ich hab ihn ins Haupthaus rübergeschickt."

„Also war er nicht allein hier drin? Auch nicht für fünf Minuten?", bohrte Karolin nach.

Schmidtchen verneinte. „Nicht, seit ich ihn hier erwischt hab, wie er an meinen Zutaten rumgeschnüffelt hat."

„Er hat was?", wiederholte Karolin ungläubig. „Und du stehst daneben?"

„Nein! Ich kam vom Kräuterbeet rein mit dem frischen Rosmarin. Da stand er schon hier und hat an meinem Sonnenblumenöl rumgeschraubt."

Karolin ging zum Küchentisch zurück. „An dem hier?", fragte sie und schraubte den Deckel ab, um daran zu riechen.

„He, Finger weg, Frollein, jetzt fang du auch noch an!", schimpfte der Stallmeister und nahm ihr die Flasche weg.

„Tu mir einen Gefallen, Schmidtchen", bat Karolin. „Bitte probier die Suppe auf keinen Fall, ja? Und lass niemanden an dein Sonnenblumenöl, bevor

Papa nicht eine Probe davon untersucht hat. Ich fahr gleich los, wenn du mir etwas davon abfüllst."

„Ich denke, du wolltest zu Harald Mertens?", wunderte sich Schmidtchen.

„Ich weiß jetzt, wo er ist", sagte Karolin kopfschüttelnd. „Ich fress einen Besen, wenn ich mich irre."

Weißt du auch, was Karolin glaubt? Wo ist Chris' Vater?

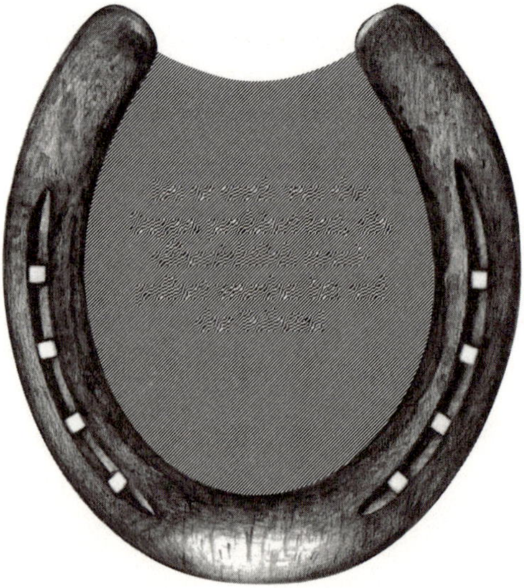

7. Die Falle

„Rizinusöl?!“, wiederholte Chris’ Vater ungläubig.

Karolin nickte. „Hat Papa analysiert. Und hier sind die Kohletabletten.“

„Und diese Tropfen hat er uns auch mitgegeben“, rief Philipp ihm nach, als Harald Mertens erneut eilig in Richtung Toilette verschwand.

„Oder man wartet ein paar Stunden, sagt mein Vater“, wandte Philipp sich an Birte Mertens, die sich auf die Küchenbank hatte sinken lassen. „Dann lässt die Wirkung von ganz allein nach.“

„In dem Eintopf ist wirklich Rizinusöl?“, fragte Chris’ Mutter noch einmal ungläubig.

„Jemand hat die Suppe sabotiert“, rief Chris .

„Wie sah der Junge denn aus? Wie alt war er? Wie groß?“, wollte Karolin wissen.

„Welcher Junge denn?", fragte Chris' Mutter und sah verständnislos von einem zum anderen. „Wir müssen Schmidtchen Bescheid sagen!"

„Mach ich!", rief Philipp und sauste davon. Nicht auszudenken, wenn noch mehr Turnierreiter oder Arbeiter in der Zwischenzeit von dem Chili probiert hatten.

„Der Junge, der den Brief gebracht hat, wie sah der aus?", nahm Karolin den Faden wieder auf. „Das hat Schmidtchen mir doch erzählt."

„Das hat Schmidtchen ...?" Chris' Mutter wurde blass und stammelte: „Er sollte das mit den Briefen doch für sich behalten."

„Was denn für Briefe?", wollte nun auch Chris wissen.

Birte Mertens fuhr sich durch die Haare und sah die Kinder an. „Ach, jetzt ist es auch egal. Der Schuft hat seine Drohung ja anscheinend wahr gemacht. Wir haben noch zwei Drohbriefe bekommen, dass wir das Turnier absagen sollen, sonst würde er dafür sorgen, dass es nicht stattfinden kann."

„Und was sagt die Polizei dazu?", fragte Chris. „Ihr habt doch hoffentlich zumindest denen davon erzählt, wenn schon nicht uns!", schimpfte sie.

„Da hätte auch die Pferdebande nichts tun können", meinte Chris' Vater, der wieder von der Toilette zurückgekehrt war. Er legte seiner Frau die Hand auf die Schulter. „Die Polizei hält das jedenfalls immer noch für Jungenstreiche."

„Wir aber nicht", brauste Chris auf. „Wir müssen was tun", forderte sie.

„Zum Beispiel den Jungen finden", sagte Karolin.

„Ja, er hatte Sommersprossen und rote Haare. Seine Ohren standen ein bisschen ab, und ein Schneidezahn vorn fehlte. Das ist mir aufgefallen. Er war höchstens zwei, drei Jahre älter als ihr", erklärte Birte Mertens nun endlich. „Glaubt ihr, dass der etwas weiß?"

„Man kann nie wissen", antwortete Karolin. „Wir sehen und hören uns mal um. Und Sie sollten noch mal die Polizei rufen. So langsam wird es schon bedrohlich, oder? Ach ja: Was stand eigentlich in dem neuen Brief drin?"

„Ich hatte noch gar keine Zeit, ihn zu öffnen", gestand Birte Mertens. „In der ganzen Aufregung hab ich ihn vorhin einfach eingesteckt."

Mit zitternden Fingern öffnete sie den Umschlag, den sie in ihre Westentasche gesteckt hatte. Auf dem tiefroten Blatt Papier stand in ausgerissenen Buchstaben:

„Offensichtlich also nur ein Täter“, stellte Karolin fest.

„Mir reicht's, ich ruf die Polizei“, sagte Harald Mertens.

„Und ich hole Onkel Jesper von der Bahn ab“, beschloss Birte Mertens.

„Du lieber Himmel, den haben wir ja ganz vergessen!“, stöhnte Chris und sah Karolin an.

„Wer bitte ist Onkel Jesper?“, fragte die Freundin verwirrt.

„Wenn wir Glück haben, unsere Rettung“, behauptete Chris geheimnisvoll. „Komm mit, mein Hufeisen hängt schief.“

Logbucheintrag von 17.05 Uhr

Kam gerade noch rechtzeitig, um das Schlimmste zu verhindern. Schmidtchen hatte die Suppe natürlich entgegen Karolins Bitte doch auf den Tisch fürs Abendessen der Turnierhelfer und Reiter gestellt. Sie hatten gerade angefangen. Ich denke, der Schaden wird sich in Grenzen halten. Das war eine Aufregung! Ein paar fanden es komisch, einer gar nicht, und einer wollte gleich abreisen, weil das alles unzumutbar sei. Aber Schmidtchen hat alle mit seinem Nachtisch und einem guten Espresso als Magenreiniger wieder besänftigen können. Und wo steckt ihr?
Philipp

Logbucheintrag von 17.10 Uhr

Hallo Logbuch und Philipp!
Wir haben uns wohl gerade verpasst. Ich bin mit Chris unten bei den Turnierstallungen gewesen, um allen Bescheid zu sagen, dass sie besonders gut auf ihre Pferde aufpassen sollen, weil sich Unbefugte hier herumtreiben könnten. Und wir haben

uns noch ein bisschen bei Miroslav umgehört. Er hat den Rothaarigen auf Grund unserer Beschreibung direkt wieder erkannt. Er war anscheinend schon öfter hier und hat herumgelungert. Aber was hat so ein Junge davon, das Turnier zu sabotieren? Das passt doch nicht zusammen. Wir müssen ihn kriegen und zur Rede stellen. Miroslav will die Augen weiter offen halten.

Jetzt aber das Wichtigste: Chris hat eine geniale Idee, um dem Täter eine Falle zu stellen. Sie hat natürlich mal wieder ganz vergessen zu erzählen, dass wir quasi noch ein Ass im Ärmel haben: Ein Onkel Jesper aus Dänemark. Sie und ihre Mutter holen ihn gerade von der Bahn ab. Onkel Jesper ist ein stinkreicher Keksfabrikant und langjähriger Freund der Familie. Er will auf jeden Fall spenden, eine ziemlich hohe Summe, sagt Chris. Das Turnier ist für ihn eigentlich Nebensache. Sie will ihn in unseren Plan einweihen und um seine Hilfe bitten. Wir hatten die Idee, einfach zu behaupten, dass er seine Spende an eine Bedingung knüpft: Chris' Mutter soll zur Eröffnung des Turniers eine Dressurkür auf seinem Pferd reiten. Nur dann macht er das Geld locker. Der Täter wird also versuchen, das zu verhindern.

Und wir machen es ihm leicht: Trojan Joker (toller Name, nicht, hab ich mir ausgedacht, von wegen trojanischem Pferd und weil es unser Joker ist und so) hat eine furchtbare Allergie gegen – sagen wir mal Mais – und das erzählen wir überall herum. Und wenn dann unser unbekannter Täter versucht, dem Pferd Mais unterzujubeln, werden wir ihn stellen, und die Polizei braucht ihn nur noch zu verhaften. Gut, oder? Und das Unglaublichste ist, dass Chris' Eltern mitspielen! Sie haben versprochen, dicht zu halten, wahrscheinlich, weil sie so sauer auf die Polizei sind, dass die nichts zu Stande bringt.
Bis hoffentlich gleich,
Karolin

Plötzlich raschelte es im Stroh direkt hinter ihr, und Philipp streckte den Kopf durch die Eingangsnische. „Da bist du ja. Wo ist Chris?"

Karolin ließ das Logbuch sinken, das sie zum Schlag erhoben über ihrem Kopf gehalten hatte. „Mann, hast du mich erschreckt!", schimpfte sie ihren Bruder aus.

„Wolltest du mich mit dem Logbuch erschlagen?", spöttelte Philipp.

„Hätte bestimmt 'ne schöne Beule gegeben, willst du's ausprobieren?", gab Karolin kampflustig zurück.

„Nein, lass mal", wehrte Philipp ab. „Also, was gibt's Neues?"

„Mensch, ich hab gerade alles eingetragen", maulte Karolin. „Na gut, hör zu."

Sie stellte das Logbuch zurück in sein Versteck und ließ die karierte Tischdecke darübergleiten. In kurzen Worten brachte sie ihren Bruder dabei auf den neuesten Stand.

„Aber wie und wann kommt denn Trojan Joker hierher?", fragte Philipp verwundert. „Ich denke, alle Pferde sind bereits hier?"

„Oh Mann, du Schnelldenker", stöhnte Karolin. „Das Pferd gibt es doch gar nicht. Das ist eine Finte.

Eine Falle, ein Trick, kapierst du? Wir verrammeln die Krankenbox am unteren Ende der Stallgasse und sperren Neumann da für einen halben Tag ein. Da gibt es nur einen Zugang, und Neumann macht das nichts aus. Er hat so eine schöne tiefe Stimme, wenn er wiehert."

Philipp grinste breit. „Clever", lobte er.

Da hörten sie, wie unten auf dem Hof ein Tumult losbrach. „Wir haben ihn", erscholl eine Stimme mit gebrochenem deutschen Akzent.

„Miroslav!", rief Philipp.

„Der Rothaarige!" Karolin sprang auf. Um ein Haar hätten sie den Eingang des Geheimverstecks zum Einsturz gebracht, weil sie beide gleichzeitig hinaus und nach unten drängten.

Mit weit aufgerissenen Augen sah der Junge sie an.

Miroslav hatte ihn fest im Griff, da konnte er strampeln, so viel er wollte.

Schmidtchen war ebenfalls herbeigelaufen. „Da ist der Rotzlöffel ja!", rief er. „Na, dir werde ich die Hammelbeine lang ziehen, Jungchen." Er krempelte die Ärmel auf, und seine tätowierten Unterarme kamen zum Vorschein.

Angstvoll kreischte der Junge auf und versuchte erneut sich aus Miroslavs Griff zu befreien.

In diesem Moment kehrten auch Chris und Birte Mertens mit Onkel Jesper vom Bahnhof zurück und stiegen verwundert über den Trubel aus dem Wagen. „Was ist denn hier los?“, wollte Chris’ Mutter wissen.

„Wir haben ihn“, erklärte Miroslav. „Er wollte gerade einen Knetabdruck vom Schloss der Futterkammer machen. Und einen zweiten hatte er schon in der Tasche. Von der Sattelkammer, nehme ich an."

„Ich hol die Polizisten", sagte Schmidtchen. „Die sitzen bei mir im Café und wärmen sich auf."

„Ich sag kein Wort", schrie der Junge. „Lassen Sie mich los."

„Schade, da können wir uns das trojanische Pferd ja sparen", tuschelte Philipp seiner Schwester ins Ohr. „Also hatten die Beamten doch Recht. Ein Jungenstreich."

Doch Karolin schüttelte den Kopf. „Der war's nicht! Wir sollten ihn der Polizei übergeben, vielleicht kriegt die was aus ihm raus über seinen Auftraggeber", meinte sie laut.

„Und sag deinem Chef einen schönen Gruß von uns", schloss sich Chris an und zwinkerte Karolin verstohlen zu. „Richte ihm aus, er kann das Projekt eh nicht mehr stoppen. Morgen reitet meine Mutter auf Onkel Jespers Pferd eine Dressurkür, und dann spendet er fünfzigtausend Euro. Nicht wahr, Onkel Jesper? Damit können wir das Grundstück auf jeden Fall kaufen."

Jesper nickte bedeutungsvoll. „Fünf Minuten im Walzertakt auf Trojan Joker, und das Geld gehört euch. Mein Ehrenwort. Hast du an das Spezialfutter für meinen P.R.E.-Hengst gedacht, meine Liebe?", wandte er sich dann wie zufällig an Birte Mertens. Er sprach leiser, aber immer noch so laut, dass der Rothaarige es hören musste. „Du weißt ja, ein paar Körner Mais genügen, und das war es mit unserem Turnier und eurem Geld, fürchte ich."

„Und lass dich hier nie wieder blicken!", rief Schmidtchen dem Jungen drohend hinterher, als die Polizisten ihn mitnahmen, um ihn zu verhören.

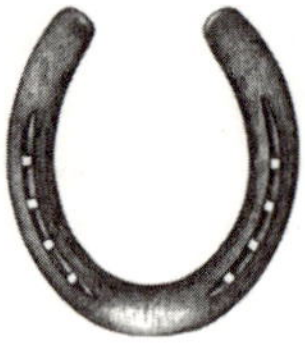

Was macht Karolin so sicher, dass der Junge nicht der Täter ist?

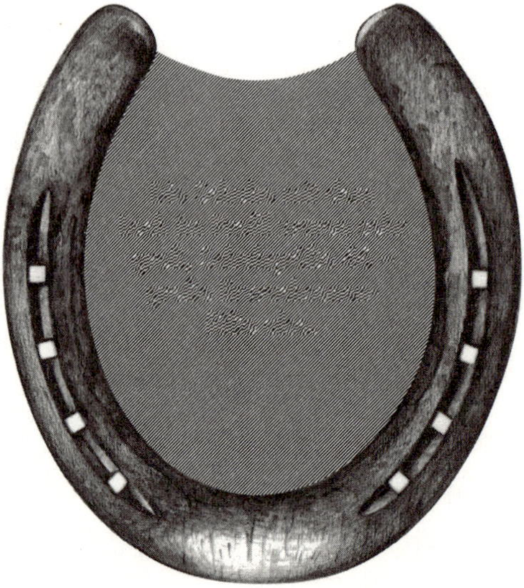

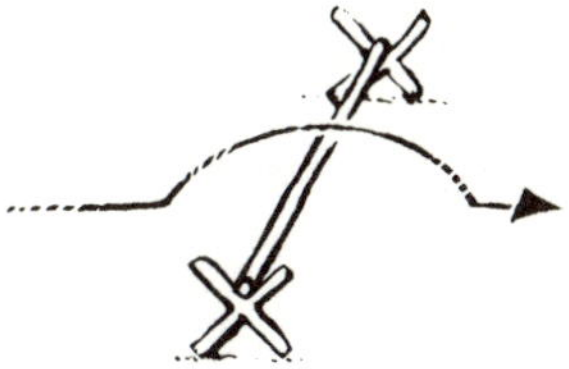

8. Verfolgung in der Nacht

Logbucheintrag vom 3. Oktober, kurz vor fünf Uhr morgens

Hi, Logbuch!
Jetzt heißt es abwarten. Turniertag! Heute oder nie klären wir diese Verschwörung auf. Heute oder nie klärt es sich, ob wir genug Geld für das Wildpferdeprojekt zusammenkriegen. Ich kann eh nicht richtig schlafen und hab mich darum mit Mumpitz im Geheimversteck in meinem Schlafsack eingekuschelt. Ich krieg kein Auge zu. Deswegen bring ich Schmidtchen in seinem Versteck gleich mal einen Kaffee. Er hält schon seit Mitternacht dort unten Wache. Außer uns, meinen Eltern, Miroslav und ihm ist niemand in unseren Plan eingeweiht. Ich bin echt

überrascht, dass meine Eltern und Onkel Jesper so gut mitspielen. Das hätte ich nie erwartet! Die Polizei weiß nur, dass wir hier ein ganz besonderes Pferd bewachen, und das erzählen wir auch allen anderen. Onkel Jesper schreckt wirklich vor nichts zurück – im besten Sinne. Er hat gestern Abend noch ein Radiointerview und eins fürs Lokalfernsehen gegeben und immer an irgendeiner Stelle wie zufällig erwähnt, dass Trojan Joker ja so empfindlich ist, und was es für ein Pech sei, dass Mais in praktisch jedem Fertigfutter drin sei und er immer eigenhändig seine Mischungen anfertigen müsse. Selbst für den Fall, dass unser rothaariger Botenjunge nicht auf schnellstem Weg zu seinem Boss gerannt ist, um zu berichten – die Maisallergie von Trojan Joker pfeifen jetzt schon die Spatzen von den Dächern. Aus dem Rothaarigen hat die Polizei nur rausbekommen, dass er öfter die Schule schwänzt und im Dorf herumlungert. Ein Mann, den er angeblich nicht kennt, hat ihm schon ein paar Mal ein paar Scheinchen zugesteckt, damit er hier ein bisschen herumschnüffelt und ihm alles erzählt. Das mit dem Rizinusöl leugnet er natürlich hartnäckig, und die Polizei hat keine richtigen Beweise.

Also haben sie ihn laufen lassen und ihm eingeschärft, sich hier nie wieder blicken zu lassen. Wer immer sich unserem P.R.E.-Wunderpferd mit Mais in der Tasche nähert, wird also wohl nicht der Junge sein, sondern der unbekannte Täter. Es muss einfach klappen!
Chris

Chris balancierte den Becher vorsichtig vor sich her, während sie im Dunkeln die Stallgasse entlangschlich. Sie hatte den extrastarken Kaffee im Reiterstübchen gekocht, damit sie das Gebäude nicht verlassen musste. Jetzt durfte sie bloß keinen Laut machen, falls sie nicht allein hier war.

Die Turnierpferde dösten schläfrig in ihren Gastboxen. Nur hier und da knabberte eines an Heu- oder Strohhalmen. Auch Neumann schien zu schlafen. Schmidtchen hatte die Außenfenster der Box geschlossen, damit niemand Unbefugtes erspähen konnte, dass „Trojan Joker“ gar kein P.R.E.-Hengst war, sondern in Wirklichkeit nur Shettygröße hatte.

Plötzlich war etwas anders. Instinktiv presste Chris sich an die Wand. Alle Fressgeräusche waren verstummt. Die Pferde lauschten. Chris ebenfalls.

Dann hörte sie jemanden atmen. Aufgeregt, bemüht leise. Etwas raschelte direkt neben ihr, dann war eine Person vorbei. Chris ahnte sie mehr, als dass sie den schwarzen Schatten sah, der sich zur Box am Ende der Stallgasse pirschte. Sie roch After Shave. Keiner der Männer auf dem Gut benutzte einen Herrenduft. Der Täter! Das musste der Mann sein, auf den sie gewartet hatten. So früh schon! Chris klopfte das Herz bis zum Hals. Na klar, er nutzte den Schutz der Dunkelheit und dass alle noch schliefen.

Sie hörte, wie leise ein Riegel aufgeschoben wurde. Er musste also bereits unten an der Krankenbox sein. Warum unternahm Schmidtchen denn nichts? Der saß doch in der benachbarten Box und sollte aufpassen! Chris wurde immer nervöser. Ab hier war die Stallgasse eine Sackgasse. Das hieß, der Mann musste auf jeden Fall wieder zurück und an ihr vorbei. Vorsichtig schlich Chris näher. Sie war höchstens noch fünf Meter von Neumanns Box und dem geheimnisvollen Besucher entfernt. Direkt neben ihr stand eine Schaufel. Damit könnte sie ihm ein Bein stellen oder eins über den Kopf geben. Noch ein Riegel wurde entsichert. Ob Schmidtchen eingeschlafen war? Was sollte sie tun? Der Kaffee verbrannte ihr fast die Finger. Da hörte sie schlurfende Schritte hinter sich. Schmidtchen!

Es war klar, dass sie nicht die Einzige war, die das hörte. Jetzt hieß es schnell handeln.

„Schmidtchen, er ist hier, Licht an!“, brüllte sie, lief los und klatschte der Gestalt, die ihr entgegenstürmte, den kochend heißen Kaffee Richtung Gesicht. Zumindest teilweise schien sie getroffen zu haben. Der Unbekannte heulte auf. Als im nächsten Moment das Licht anging, hatte der Mann sich aber wieder gefasst und lief los. Chris rannte hinterher und schleuderte die Schaufel in seine Richtung. Der plötzliche Lärm und das metallische Scheppern auf dem Steinboden machte alle Pferde unruhig. Der Mann war geschickt. Er wich aus, entriegelte die nächstbeste Boxentür, scheuchte das Pferd hinaus und hechtete mit einem wagemutigen Satz durchs Außenfenster. Chris und Schmidtchen mussten erst an dem nervösen Tier vorbei, um die Verfolgung aufnehmen zu können. Doch da war er bereits im Schutz der Dunkelheit verschwunden. In der Ferne hörten sie, wie ein Auto angelassen wurde und mit quietschenden Reifen davonfuhr.

„Schöner Schifferschiet!“, fluchte Schmidtchen.

„Der ist uns sauber durch die Lappen gegangen.“

Chris schnappte nach Luft. „Wo warst du?“, fragte sie atemlos und drängte Neumann zurück, der neugierig aus der geöffneten Krankenbox lugte und Maiskörner vom Boden auflas. „Na, immerhin hat es funktioniert, sozusagen.“

„Ich war da, wo auch der Kaiser zu Fuß hingeht“, antwortete Schmidtchen zerknirscht und führte den braunen Wallach, der immer noch aufgeregt schnaubte, zurück in die Box. So etwas hatte er wohl auch noch nie erlebt. „Schade um den Kaffee“, sagte der Stallmeister traurig, als er die duftende Pfütze und die Scherben der Tasse sah, die Chris in der Aufregung hatte fallen lassen. „Und was machen wir jetzt? Der ist über alle Berge. Konntest du ihn wenigstens erkennen?“

„Ging alles viel zu schnell.“ Chris schüttelte bedauernd den Kopf. „Aber so ganz spurlos ist er uns nicht durch die Lappen gegangen. Sieh mal!“ Sie zupfte einen Stofffetzen vom Riegel der Boxentür, durch die der Fremde geflohen war.

Logbucheintrag vom 3. Oktober, 6.13 Uhr

Leider ist unsere geniale Falle nicht richtig zugeschnappt. Jetzt ist der Täter gewarnt. Meine Mutter meint, es hat trotzdem geklappt, weil wir ihn in die Flucht geschlagen haben und er jetzt weiß, dass wir ihm auf den Fersen sind. Ich schätze, wir müssen nach jemandem Ausschau halten, der leichte Verbrühungen im Gesicht und an den Händen hat und einen dicken Riss im Jackett. Fischgrät

heißt das Muster, sagt Mama, und dass der Stoff – Tweed – sicher nicht billig ist. Ich hab ihn hier gleich eingeklebt. Mama will nachher noch mal die Polizei holen und eine Anzeige wegen Einbruch erstatten. Vielleicht schreckt das den Kerl so weit ab, dass das Turnier ohne weitere Vorkommnisse stattfinden kann. Noch knapp drei Stunden, dann geht es los! Und hoffentlich klappt auch alles mit unserer Aufführung! Wir hätten doch noch mal üben müssen. Mir ist schon ganz schlecht vor Aufregung.
Bis später, Chris.

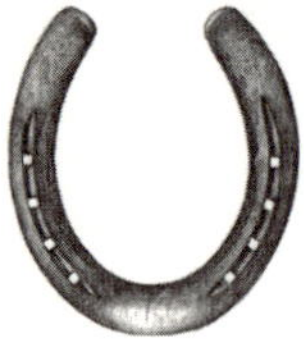

Wofür steht eigentlich die Abkürzung P.R.E.? Tipp: Es ist eine Pferderasse.

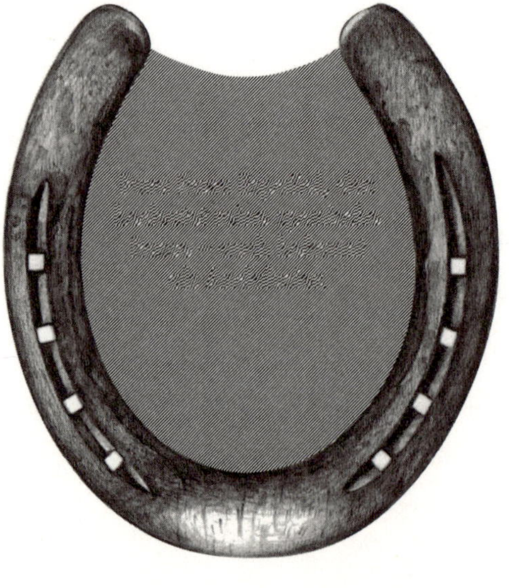

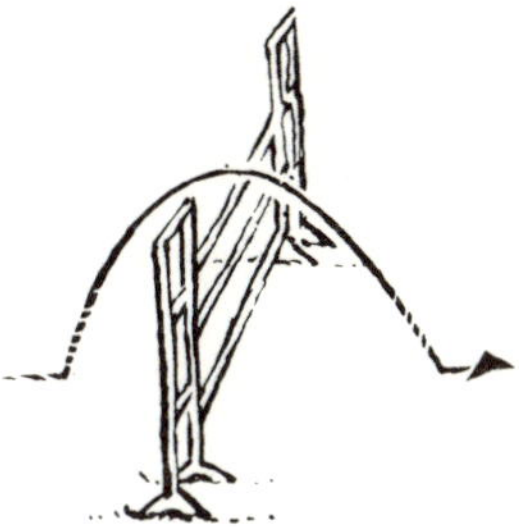

○○○○●○

9. Echt oder falsch?

„Wir hätten doch nie gedacht, dass es wirklich so weit kommt." Entnervt stellte Birte Mertens die Kaffeekanne mit solchem Schwung auf den Tisch, dass das Geschirr klirrte.

Karolin und Philipp kamen atemlos in die Küche gestürmt. „Was ist passiert?", rief Philipp. „Wir haben deinen Anruf abgehört und sind gleich hergeradelt."

„Aha", sagte der Fremde im Tweedanzug gerade, der mit auf den Rücken verschränkten Armen in der Küche auf und ab ging.

„Das ist Hauptkommissar Buchholz", wisperte Chris zur Erklärung. „Mein Hufeisen hängt schief. Habt ihr nicht im Logbuch nachgesehen?"

„Doch, klar, wie du auf dem AB gesagt hast. Aber

wo kommt der her?“, antwortete Philipp leise und blickte auf den bärtigen Mann.

„Die gehören wohl auch dazu, ja? Guten Morgen heißt das erst mal. Setzt euch“, schimpfte der Polizeibeamte gleich weiter.

Wortlos rückten die beiden Geschwister neben Chris und Schmidtchen auf die Küchenbank.

„Wir sitzen ja schon“, brummte Philipp.

„Guten Morgen“, flüsterte Karolin.

„Wir glauben, dass der Täter jetzt zwar gewarnt

ist, aber sicher nicht mehr den Mut haben wird, erneut einen Anschlag zu versuchen“, sagte Chris' Vater ganz ruhig und wischte den Kaffeefleck auf, den die überschwappende Kanne auf dem Tisch hinterlassen hatte. „Möchtet ihr auch einen warmen Kakao?“, wandte er sich dann an Karolin und Philipp. Die beiden nickten stumm.

„Ich verstehe, dass die Kollegen den Eindruck erweckt haben, dass wir die Übergriffe und Drohungen im Vorfeld dieses Turniers nicht ernst genug genommen haben. Aber jetzt ist der Punkt überschritten, ihre Selbsthilfe wird zu gefährlich“, belehrte der Kommissar sie weiter. „Meine Männer haben hier bereits überall Stellung bezogen. In Zivil natürlich. Bitte blasen Sie die Dressurkür ab.“

Birte Mertens schüttelte den Kopf und stand auf. „Die Leute warten jetzt auf mich und den P.R.E.-Hengst. Wenn ich mein Gesicht wahren will, sollte ich ihnen die Kür nicht vorenthalten.“

„Ich denke, der Unbekannte hat Neumann gesehen?“, flüsterte Karolin Chris ins Ohr.

„Wir sind nicht sicher“, wisperte die zurück. „Außerdem wurde die ganze Sache ja im Radio und im Lokalfernsehen angekündigt. Da haben wir uns ein schönes Ei gelegt, ohne drüber nachzudenken. Jetzt muss meine Mutter raus. Nur wo kriegen wir ein Pferd her?"

Karolin betrachtete den Kommissar nachdenklich von der Seite. Er kam ihr irgendwie bekannt vor, aber bei ihren früheren Fällen hatten sie noch nicht mit ihm zu tun gehabt. Das hätte sie sich gemerkt.

„Ich kann Sie nur warnen und mit meinen Leuten hier aufpassen", sagte der Kommissar gerade. „Ich halte es für durchaus wahrscheinlich, dass der Unbekannte jetzt gereizt ist. Er könnte es darauf abzielen, Sie nicht reiten zu lassen. Sei es aus verletztem Stolz oder weil er tatsächlich verhindern will, dass Sie die Geldspende bekommen."

„Schwachsinnsidee", brummelte er leise in seinen Bart. Dann stand er auf, tippte sich an seine Tweedkappe und ging hinaus. „Ich werde da sein", sagte er wichtigtuerisch zum Abschied. Karolin sah ihm skeptisch hinterher. „Ist der neu auf dem Polizeirevier?", fragte sie, als die Tür zugefallen war.

„Keine Ahnung." Birte Mertens hob die Schultern. „Jedenfalls ist er mir nicht besonders sympathisch. Hier einfach so großspurig reinzuschneien am frühen Morgen."

„Ich dachte, du hast ihn angerufen?", wunderte sich Harald Mertens.

„Ich? Kein Stück. Ich dachte, du?"

Ihr Mann verneinte.

„Schmidtchen?", wandte Birte Mertens sich an den Stallmeister, der an seinem heißen Tee nippte.

„Da lief vorhin so ein junger Bursche in Uniform auf dem Hof rum. Dem hab ich ein wenig die Meinung gegeigt, von wegen nur hier herumlungern und nichts tun. Wirklich ein toller Schutz, wenn solche Sachen passieren. Ihr wisst ja, ohne Kaffee bin ich unausstehlich", brummelte er.

„Na, das erklärt vermutlich den unangemeldeten Frühbesuch", sagte Birte Mertens kopfschüttelnd.

„Er schien aber nicht von unserem Trojan Joker zu wissen, ich meine, dass es ihn gar nicht gibt", sagte Chris.

„Die Polizei muss auch nicht alles wissen", lächelte Birte Mertens. „Nur wo kriege ich innerhalb einer Stunde einen dressurgerittenen Andalusier her?"

„Mein Schatz, auch wenn du sonst so selbstständig bist, das sind die Momente, wo dir dein lieber Mann beweisen kann, dass er doch zu etwas nütze ist." Harald Mertens sah auf seine Armbanduhr.

„Das gewünschte Pferd dürfte jeden Moment geliefert werden."

„Wie bitte?", fragte Birte Mertens begriffsstutzig.

Da fuhr draußen bereits ein Pferdeanhänger vor.

„Ich habe eben auch so meine Beziehungen. Du erinnerst dich vielleicht an Roland? Meinen Studienfreund, der P.R.E.'s züchtet? Ihr habt noch anderthalb Stunden, um euch anzufreunden und in der Halle warm zu reiten. Ich habe euch eine Stunde Trainingszeit dort freigehalten, der Parcours-Chef ist auch informiert. Ab durch die Mitte!"

Birte Mertens ging zu ihrem Mann hinüber und gab ihm einen dicken Kuss. „Na, dann bin ich ja mal gespannt auf meinen Trojan Joker!", flötete sie und lief nach draußen.

Chris und Philipp wollten hinterher, doch Karolin hielt sie in der Eingangstür zurück. „Ich glaub, mein Hufeisen hängt schief", sagte sie warnend. „Philipp, würdest du bitte im Polizeirevier anrufen und fragen, ob es da einen Kommissar Buchholz gibt? Und wenn nicht, dann sollen die bitte sofort herkommen, weil wir hier einen gefährlichen Betrüger haben, der sich als Polizeibeamter ausgibt und vermutlich ein Straftäter ist. Und Chris, würdest du bitte Schmidtchen sagen, er soll diesen Kerl keine Minute allein mit deiner Mutter oder dem Pferd lassen? Hattest du nicht gesagt, dem Einbrecher heute Morgen ist die Jacke kaputtgegangen?“

Chris nickte.

„Ich muss mal was im Logbuch nachschauen“, sprudelte Karolin weiter. „Aber ich bin mir ziemlich sicher, wo ich diesen Kerl schon mal gesehen habe.“ Damit ließ sie die beiden stehen und rannte zum Stall hinüber in Richtung Geheimversteck.

Logbucheintrag von 7.35 Uhr

Hallo, liebes Logbuch!
Ich hab's doch gleich gewusst, dass mit diesem Polizisten etwas faul ist. Jede Wette, dass man im Polizeirevier keinen Hauptkommissar Buchholz kennt. Aber vielleicht motiviert das ja die Beamten, endlich mal mit ein paar Leuten herzukommen und nach dem Rechten zu sehen! Jetzt muss ich Chris' Mama und den anderen Erwachsenen schnell unsere Beweise zeigen, damit sie sich vor dem Kerl in Acht nehmen und nicht doch noch etwas passiert!
In Eile, Karolin.

Damit schob sie das Logbuch wieder zurück, steckte die beiden Beweisstücke, die bereits eingeklebt gewesen waren, in ihre Jackentasche und kletterte nach unten.

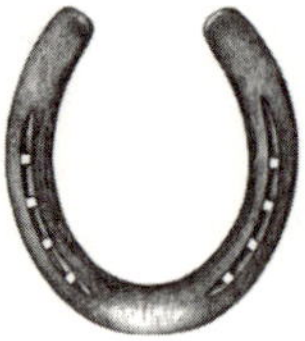

Was hat Karolin eingesteckt?
Um welche Beweise handelt es sich?

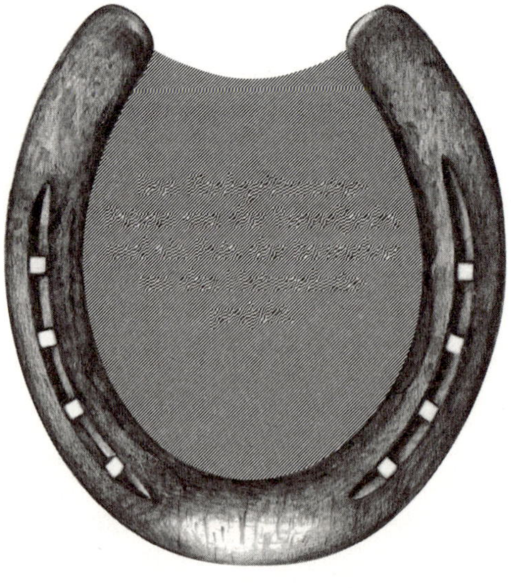

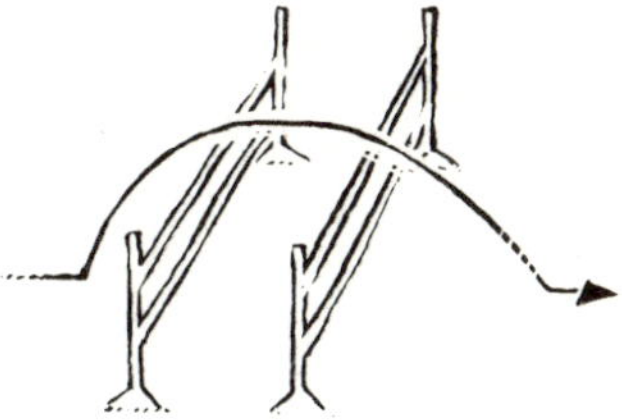

○○○●

10. Chris in Gefahr

Harald Mertens lief Karolin als Erster über den Weg. „Hier!“ Außer Atem hielt sie ihm den Stofffetzen und den Fotoausdruck aus dem Internet entgegen. „Das ist er. Hartmut Fischer, Hoteldirektor und Mitbewerber um das Projektgelände. Von wegen Hauptkommissar. Wir müssen ihn aufhalten. Der hat was vor! Wo ist Ihre Frau?“

Chris’ Vater sah Karolin, das Foto und das Stückchen Stoff einen Augenblick ratlos an. Dann sagte er: „Schmidtchen ist mit dem Hengst schon mal in die Halle gegangen, damit Corazon sich nach der Fahrt austoben und wälzen kann. Er wollte ihn überbürsten und zum Aufwärmen an die Longe nehmen, bis Birte sich umgezogen hat.“

„Und wo ist sie jetzt?“, fragte Karolin alarmiert.

Da kam Philipp angelaufen. „Die kennen keinen Kommissar Buchholz auf dem Revier. Es hat ein bisschen gedauert, bis ich sie überzeugt hatte. Aber sie kommen her“, keuchte er.

Harald Mertens wurde blass. „Birte wollte mit dem Kommissar – also mit diesem Mann – das Sattelzeug und die Decken von Corazon aus dem Transporter holen.“ Er lief los in Richtung der kleinen Reithalle.

„Sind die beiden etwa allein?“, fragte Karolin, während sie versuchte mit ihm und Philipp Schritt zu halten.

„Nein, schlimmer, Chris ist bei ihnen“, erwiderte Harald Mertens gepresst.

„Ich hatte Chris doch gesagt, dass Schmidtchen immer bei ihrer Mutter bleiben soll!“ Karolin schluckte und merkte gleichzeitig, wie ihr die Tränen in die Augen stiegen.

In der Reithalle war nur Schmidtchen mit Corazon, der aufgeregt tänzelnd an der Longe um den Stallmeister herumtrabte. Eine der Turnierhelferinnen sah von der Bande aus zu.

„Wo sind Birte und Chris?“, rief Harald Mertens, kaum dass er die Tür aufgerissen hatte.

„Noch nicht hier gewesen", gab Schmidtchen gelassen zurück. „Werden wohl gleich kommen."

„Das ist nicht sicher", erwiderte Harald Mertens. „Können Sie longieren?", wandte er sich an die Pferdepflegerin.

„Ich?", fragte die verwundert und nickte.

Harald Mertens winkte sie heran. „Schön Schritt und ab und zu traben lassen und Handwechsel nicht vergessen. Wenn wir in zwanzig Minuten nicht zurück sind, Abschwitzdecke drauf und in die letzte Box im Stall bringen. Schaffen Sie das?"

Das Mädchen nickte perplex.

„Alles klar. Danke, ist ein Notfall." Schmidtchen übergab Longe und Peitsche wie ein Staffelläufer und wurde von Harald Mertens

aus der Halle gezogen. Im Dauerlauf trabten die beiden los. Karolin und Philipp folgten ihnen keuchend.

„Was ist denn los, Harald?“, wollte der alte Stallmeister wissen.

„Dieser Kommissar ist unser Verbrecher, Hartmut Fischer. Und er hat vermutlich Chris und meine Frau in seiner Gewalt.“

Chris spürte einen dumpfen Schlag auf den Kopf, dann verlor sie das Bewusstsein. Als sie wieder zu sich kam, hielt ihre Mutter sie in den Armen. Es war dunkel und rumpelte, so als ob sie fuhren. Etwas tropfte ihr ins Gesicht. Es schmeckte salzig.

„Mama, hör doch auf zu weinen“, stöhnte Chris und versuchte sich aufzurichten, was bei dem Geschaukel gar nicht so einfach war. „Wo sind wir? Was ist passiert?“

„Gott sei Dank, du bist wieder wach.“ Erleichtert drückte ihre Mutter sie an sich. „Wir sind im Transporter. Der Kommissar fand dich hier liegen und hat mich zu Hilfe gerufen. Ich bin zu dir gekrochen, und da fiel die Tür hinter mir ins Schloss. Er sagte, er kriegt sie von außen nicht auf ohne Schlüssel.“

Chris stöhnte. „Und warum fährt das Ding jetzt?“

Ihre Augen gewöhnten sich allmählich an die Dunkelheit, und sie konnte die Umrisse ihrer Mutter erkennen.

„Vielleicht will der Besitzer von Corazon den Transporter zurückbringen und weiß nicht, dass wir hier drin sind.“

„Hast du denn schon mal gerufen?“, fragte Chris.

Ihrer Mutter nickte. „Ein paar Mal. Er hört uns nicht.“

„Oder will uns nicht hören“, murmelte Chris. „Warte mal. Ich hab mich nach dem Halfter gebückt, und dann bin ich irgendwo gegengestoßen. Das ist alles, woran ich mich erinnere.“ Sie rieb sich den Hinterkopf, wo bereits eine heiße, pochende Beule wuchs.

„Hier ist aber doch nichts, woran du dich hättest verletzen können, oder?“, sagte ihre Mutter verwundert.

„Etwas nicht, aber jemand vielleicht“, gab Chris zurück. „Dieser Kommissar kam mir gleich komisch vor. Jetzt fällt es mir auch wieder ein. Ich habe ihn gefragt, woher der Riss in seinem Jackett stammt. Und dann kam der Schlag. Der holt uns hier nicht raus, Mama. Der Kommissar und der Erpresser sind ein und derselbe. Der hat uns hier reingelockt und karrt uns irgendwo hin, wo wir ihm nicht im Weg sind, damit das Turnier ohne uns stattfindet."

„... und damit ich das Geld von Onkel Jesper für das Projekt nicht bekomme, wie er glaubt", ergänzte Birte Mertens.

„So sieht es wohl aus", bestätigte Chris. „Die Frage ist nur, ob er sich an seinen Plan hält, jetzt, wo er davon ausgehen muss, dass ich ihn erkannt habe."

Chris' Mutter antwortete nicht, aber sie drückte ihre Tochter noch fester an sich.

Da wurde der Transporter langsamer und hielt an.

Eine Autotür klappte. Jemand machte sich an der Verriegelung des Transporters zu schaffen, ein Streifen Tageslicht fiel ins Innere. Doch dann hielt ein zweites Fahrzeug, und die Tür wurde wieder zugeschlagen. Chris schaffte es jedoch, das Halfter in den Spalt zu klemmen, sodass die Tür nicht ganz einrasten konnte.

„Sie können hier nicht parken", hörte sie eine dumpfe Stimme. „Dieser Weg ist nicht für PKWs zugelassen, und schon gar nicht für Lastfahrzeuge. Darf ich bitte mal Ihre Papiere sehen?"

„Polizei“, flüsterte Birte Mertens erleichtert. „Dein Freund und Helfer in der Not.“

„Hilfe!! Lassen Sie uns hier raus!“ „Entführung! Hilfe! Wir sind hier drinnen“, schrien die beiden um die Wette und trommelten mit den Fäusten gegen die Tür.

Augenblicke später wurde die Tür erneut geöffnet, und sie sahen in das ungläubige Gesicht eines jungen Streifenpolizisten.

Sein Kollege hielt einen Mann im Tweedjackett in Schach, der breitbeinig, die Hände über dem Kopf, an das Polizeifahrzeug gelehnt stand.

Aus dem Polizeiwagen ertönte ein Funkspruch. „Suchmeldung an alle Fahrzeuge. Ein blauer Pferdetransporter mit dem Kennzeichen HL Strich …“

„Das sind wir“, erklärte Chris und rieb sich den Hinterkopf. „Sagen Sie bitte, dass Sie uns gefunden haben? Unsere Leute machen sich Sorgen, und den hier sollten Sie einsperren.“

Der Polizist sah ratlos seinen Kollegen an.

„Können Sie mir sagen, wie spät es ist?“, fragte Birte Mertens.

„Kurz vor halb neun“, antwortete der andere Polizist.

„Das schaffen wir“, meinte Chris' Mutter und sah ihre Tochter an. „Vorausgesetzt, sie geben uns Geleitschutz. Ach, und dürfte ich mal telefonieren?“

So kam es, dass Birte Mertens doch noch halbwegs im Zeitplan das Turnier im Spanischen Schritt und piaffierend auf El Corazon eröffnen konnte.

Chris stand mit Eisbeutel am Kopf an der Bande und hielt mit Karolin und Philipp, ihrem Vater und Schmidtchen die Daumen gedrückt. Es waren jetzt schon weit über tausend Leute gekommen, um zuzusehen. Den Einlass hatten dankenswerterweise

ein paar Reitschüler übernommen, sodass die Pferdebande sich den Auftritt und das Turnier ganz anschauen durfte.

„Dass sie das jetzt kann, nach all der Aufregung?“, flüsterte Karolin und schüttelte zum wiederholten Mal den Kopf. „Aus dem Polizeiwagen aufs Pferd!“

„Ich denke, der Schock kommt nachher“, meinte Chris’ Vater leise. „Wenn das Turnier gelaufen ist, fällt sie bestimmt um. Jetzt hat sie auf Autopilot geschaltet, sozusagen.“

„Und ich?“, ächzte Chris. „Ich bin verletzt worden, nicht Mama.“

Schmidtchen legte ihr den Arm auf die Schulter. „Das kommt davon, wenn man seine Nase überall reinsteckt. Auch wenn du diesmal nicht wirklich etwas dafür konntest. Lass dir das eine Lehre sein, Christina Mertens. Es hätte wirklich böse ausgehen können. Wir sind alle froh und dankbar, dass du mit einer kleinen Beule davongekommen bist.“

„Tut auch gar nicht mehr doll weh“, murmelte Chris reumütig.

Der richtige Kommissar trat unauffällig neben Schmidtchen und ihren Vater. „Denken Sie bitte daran, dass wir nachher noch alle Ihre Aussagen brauchen? Auch die von euch natürlich.“ Er nickte Karolin, Chris und Philipp zu. „Wir werden Herrn Fischer mit Sicherheit wegen Freiheitsberaubung, Körperverletzung und Erpressung drankriegen. Ich habe bereits mit der Staatsanwältin telefoniert. Der Rest wird sich finden. Er ist auch mitnichten ein unbeschriebenes Blatt. Wir hatten ihn schon länger im Verdacht, auf kriminellen Wegen Grundstücke zu ergaunern. Und dieses Grundstück wollte er anscheinend um jeden Preis haben für seine neue Hotelanlage. Er hat sich davon wohl einen Riesengewinn versprochen, weil die Umgebung so traumhaft ist. Tja, mindestens einmal schon hat er einen unliebsamen Konkurrenten …" Er sah die Kinder an, die aufgeregt an seinen Lippen hingen „… na, sagen wir mal, aus dem Geschäft gebracht. Aber jetzt genießen Sie erst mal Ihr Turnier. Es war ja weiß der Himmel ein steiniger Weg bis zu diesem Tag." Damit tippte er sich an seinen Hut und ging weiter.

Karolin schluckte und drückte Chris die Hand.

Harald Mertens schüttelte den Kopf. „Manche schrecken wirklich vor nichts zurück. Dieser Fischer hatte übrigens im Vorfeld sogar fünftausend Euro gespendet, könnt ihr euch das vorstellen? Er wollte wohl jeden Verdacht von sich weisen."

„Das Geld behalten wir aber, oder? Davor schrecke ich nicht zurück. Wie viel haben wir denn jetzt ungefähr zusammen?", wollte Chris wissen. „Wird es reichen für die Wildpferde?"

Ihr Vater lächelte. „Na, das wollen wir mal hoffen. Ich habe sogar so was läuten hören, dass dieser verrückte Engländer aus Respekt vor eurem Engagement sein Angebot zurückziehen will. Aber das wird sicherlich nicht unwesentlich von eurem Einsatz als

Umbauclowns abhängen. Also macht euch bereit. Gleich seid ihr dran!"

Tatsächlich verneigte Birte Mertens sich gerade vor dem Publikum an der Stirnseite und galoppierte unter tosendem Applaus hinaus.

„Bist du so weit, Philipp?", fragte Chris mit glühenden Wangen.

Philipp stöhnte.

„Na, dann raus mit uns, das Volk will unterhalten werden. Jetzt geht die Show erst richtig los!"

Damit drückte sie Karolin ihren Eisbeutel in die Hand, setzte Philipp die rote Nase auf und schleifte ihn in die Manege.

Bibliografische Information Der Deutschen Bibliothek
Die Deutsche Bibliothek verzeichnet diese Publikation in der Deutschen Nationalbibliografie; detaillierte bibliografische Daten sind im Internet über http://dnb.ddb.de abrufbar.

Bisher sind in dieser Reihe erschienen:
Die Pferdebande und das Verbrechen auf der Rennbahn
Die Perdebande und das Rätsel um Amarillo
Die Pferdebande und das geheimnisvolle Pony
Die Pferdebande und die Entführung auf Gut Hohenhain
Die Pferdebande und die Jagd auf die Satteldiebe
Die Pferdebande und der Betrug auf Schloss Rosenberg
Die Pferdebande und das Geheimnis um Zirkus Lombardi
Die Pferdebande und das Versteck im Wald
Die Pferdebande und die Verschwörung auf dem Reitturnier

04 05 / 8 7 6 5 4 3 2 1

Vertrieb durch Egmont vgs verlagsgesellschaft mbH, Köln
Titelbild und Illustrationen: Peter Klaucke
Druck/Bindung: Westermann Druck Zwickau GmbH, Zwickau
ISBN 3-505-12076-6

Gewinnspiel „Hindernisse“

Liebe Pferdefreundin,
lieber Pferdefreund,

zu jedem Kapitelanfang findest du ein Hindernis aus einem Springparcours (Mauer, Oxer usw.) abgebildet. Finde heraus, um welches Hindernis es sich jeweils handelt!
Richtig liegst du, wenn deine Antwort mit der Anzahl der Punkte übereinstimmt, die unter der Abbildung aufgeführt sind (= für jeden Buchstaben steht ein Punkt). Der Buchstabe, der dann über dem fett hervorgehobenen Punkt steht, ist Teil des Lösungswortes.

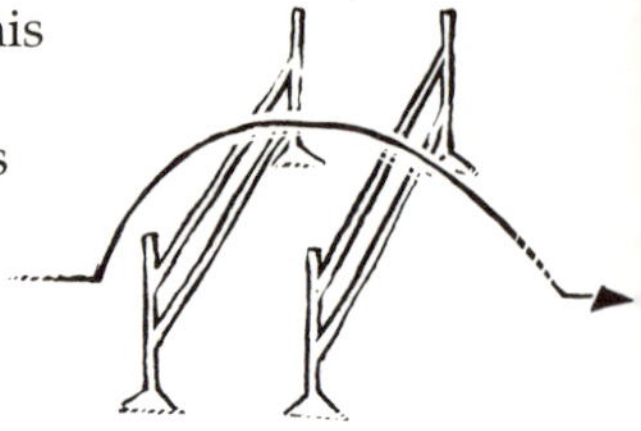

OXER
○●○○

Jetzt musst du nur noch die jeweiligen Buchstaben in der Kapitelreihenfolge von 1–10 hintereinander setzen, und schon hast du das **Lösungswort**!

Kleiner Tipp: Wenn du das eine oder andere Hindernis noch nicht kennst, kannst du auf Seite 125 nachschauen – dort sind alle Hindernisse und ihre Bezeichnungen noch einmal abgebildet!

Schreibe das Lösungswort auf eine **Postkarte** und schicke sie mit dem **Kennwort** „Die Pferdebande und die Verschwörung auf dem Reitturnier“ an: Egmont Franz Schneider Verlag
Schleißheimer Str. 267
80809 München
Absender nicht vergessen!

Du kannst ein weiteres Buch aus der spannenden „Pferdebande“-Reihe gewinnen!

Benachrichtigt werden nur die Gewinner. Der Rechtsweg ist ausgeschlossen.
Die Beteiligung ist nicht an den Kauf eines SchneiderBuchs gebunden.

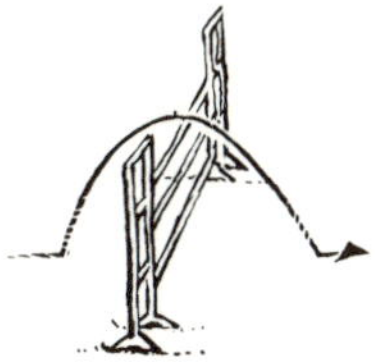

Gatter

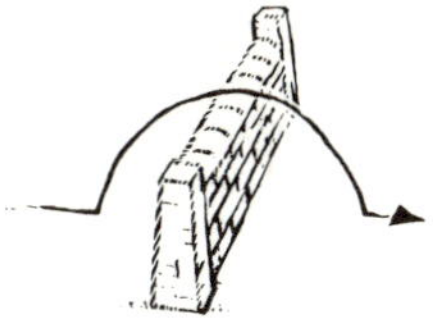

Mauer

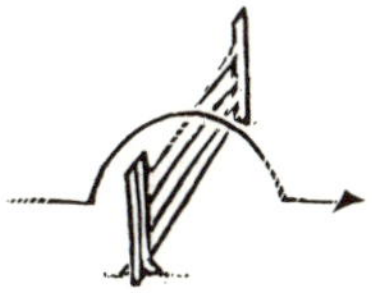

Steilsprung

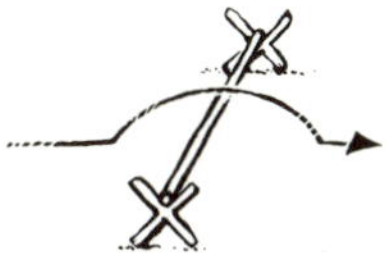

Cavaletti

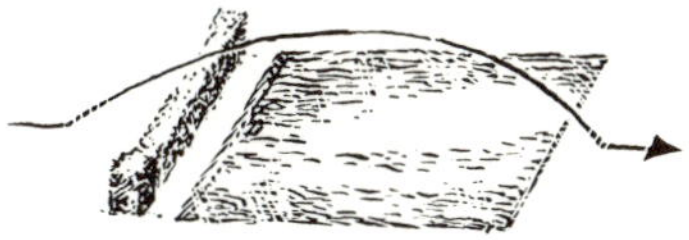

Wassergraben

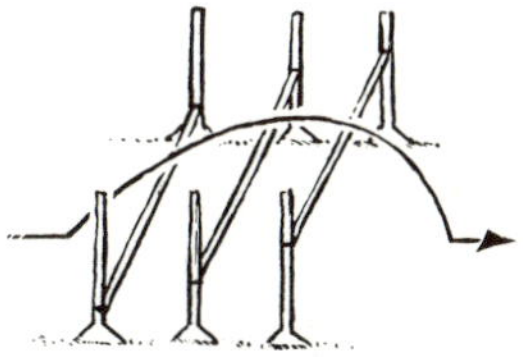

Triplebarren

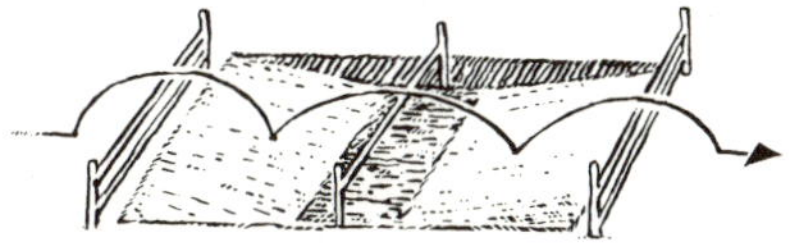

Pulvermanns Grab

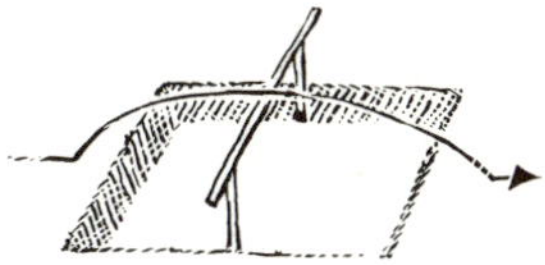

Trakehner-Graben

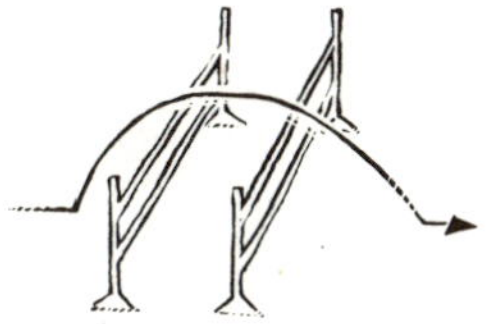

Oxer

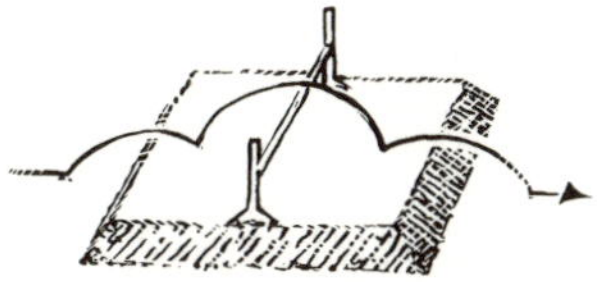

Billardtisch

Pferdefachwissen:

Parcours
So nennt man die Hindernisbahn für Spring- und Fahrprüfungen. Der Parcours ist im Gegensatz zum Naturkurs eben und aus künstlichen Hindernissen zusammengestellt. Die Länge des Parcours' und der Schwierigkeitsgrad der Hindernisse ist je nach Prüfung unterschiedlich.

Stechen
Wenn mehrere Teilnehmer im ersten Durchlauf einer Springprüfung fehlerfrei geblieben sind, gibt es um den ersten Platz ein Stechen. Dazu wird der Parcours verkürzt und die Hindernisse erhöht. Wer hier ohne Abwurf bleibt und am schnellsten ist, gewinnt.

Hochweitsprung
Ein Hochweitsprung ist z. B. ein Triplebarren. Bei diesem Hindernis stehen drei Steilsprünge in aufsteigender Höhe hintereinander, das Pferd muss also sowohl hoch als auch weit springen.

Verweigern
Wenn ein Pferd verweigert, dann bleibt es vor einem Hindernis stehen, das es eigentlich überspringen sollte. Pferde verweigern, wenn sie vom Reiter falsch an das Hindernis herangeritten werden, wenn sie sich überfordert fühlen, sich vor dem Hindernis fürchten oder der Reiter unsicher ist.